W0225470

btb

Nunu bezieht ein kleines Appartement in der Nähe des Gare du Nord in Paris, hat Istanbul verlassen. Die ersten Wochen sind geprägt von Schwermut und Veränderung, doch die unverhoffte Begegnung mit ihrem Lieblingsschriftsteller M. lässt eine zarte, besondere Freundschaft entstehen. Entlang der Seine, vertieft in ihre Gespräche, durchlaufen sie Paris – ihre stete Begleitung ist eine Sehnsucht, die sie beide spüren, aber nicht benennen können. Sie teilen ihre Erinnerungen an die gemeinsame Heimat Istanbul, doch nicht nur schöne werden geweckt. Mit der immer stärker werdenden Verbundenheit zu M. wächst auch Nunus Angst, zu viel preiszugeben.

Ayşegül Savaş wuchs in der Türkei und in Dänemark auf. Ihre Arbeiten wurden unter anderem in *The Paris Review*, *Guernica* und *The New Yorker* veröffentlicht und für den *Glimmer Train Fiction Prize* und den *Graywolf Emerging Writers Award* nominiert. Sie unterrichtet an der Sorbonne und lebt in Paris. »Unsere Freundschaft ist wie ein Traum« erscheint bei btb erstmals auf Deutsch.

Ayşegül Savaş

UNSERE FREUNDSCHAFT IST WIE EIN TRAUM

Roman

Aus dem Amerikanischen
von Vanessa Kreitlow

btb

Die englische Originalausgabe erschien 2019 unter dem Titel
»Walking on the Ceiling« bei Riverhead, New York.

Sollte diese Publikation Links auf Webseiten Dritter enthalten,
so übernehmen wir für deren Inhalte keine Haftung,
da wir uns diese nicht zu eigen machen, sondern lediglich
auf deren Stand zum Zeitpunkt der Erstveröffentlichung verweisen.

MIX
Papier aus verantwortungsvollen Quellen
FSC® C014496
FSC www.fsc.org

Penguin Random House Verlagsgruppe FSC® N001967

1. Auflage
Deutsche Erstausgabe August 2022
by btb Verlag in der Penguin Random House Verlagsgruppe GmbH,
Neumarkter Straße 28, 81673 München
Copyright © der Originalausgabe 2019 by Ayşegül Savaş
Copyright © der deutschsprachigen Ausgabe 2022 by btb Verlag, München
Umschlaggestaltung: semper smile, München
Covermotive: © Shutterstock / sunwards
Satz: GGP Media GmbH, Pößneck
Druck und Einband: GGP Media GmbH, Pößneck
mb · Herstellung: sc
Printed in Germany
ISBN 978-3-442-71982-2

www.btb-verlag.de
www.facebook.com/btbverlag

Für Maks

Wer tritt zu solcher Zeit
an die Schwelle dieser Pforte?
Apollodor

1.

Als ich in Paris lebte, war ich eine Weile mit dem Autor M. befreundet. Er war auch fremd in der Stadt, und vielleicht war das einer der Gründe für unsere Freundschaft. Wir gingen zusammen spazieren und schrieben einander.

Ich habe noch ein Foto aus dieser Zeit. M. steht vor einer Marmorwand und sieht mich irritiert an. Über seinen erhobenen Augenbrauen ist eine blasse, gekrümmte Narbe zu sehen, die erst immer tiefer zu werden scheint und dann verschwindet.

Vielleicht ist es auch gar keine Narbe, sondern nur ein Schatten oder eine Falte, ein Zeichen seines Alters. Ich habe auf unseren Spaziergängen jedenfalls nie eine Narbe bemerkt, aber ich ging oft mit gesenktem Blick neben M. her. Und ich bin mir auch nicht sicher, ob er mich auf dem Foto irritiert ansieht oder einfach nur ungeduldig, weil er darauf wartet, dass ich das Foto mache.

Aber in meinen Erinnerungen sieht M. immer ein wenig irritiert aus und hat diese Narbe über seinen Augenbrauen – wie in jenem kurzen Moment, in dem er mir direkt in die Augen sah.

Doch auch das ist nicht ganz korrekt, denn in jenem Moment stellte die Kamera einen sicheren Schutzwall zwischen uns dar. Soweit ich mich erinnern kann, habe ich ihm nie in die Augen gesehen, auch nicht, wenn wir einander an einem Tisch im Café gegenübersaßen.

An manchen Tagen fällt es mir schwer zu glauben, dass es diese Freundschaft mit ihrer eigenwilligen Logik und ihrer Abgetrenntheit von der restlichen Welt wirklich gegeben hat. In meinen Erinnerungen ist unsere Freundschaft wie ein Traum, eine Erfindung, eine seltsame und federleichte Einspeisung in die Realität, als würde man an der Decke laufen.

Als ich klein war, richtete ich oft einen quadratischen Spiegel in Richtung der Zimmerdecke. Ich nahm jeden Quadratzentimeter dieser glatten, weißen Fläche unter die Lupe, die so anders war als die zerklüftete Gegenwelt, in der die Menschen in Schatten lebten, ihre Sorgen ein schweres Gewicht, das es mit sich herumzuschleppen galt. Mir wurde klar, dass der einzige Weg aus dieser Dunkelheit ein Rückzug in eigene, hellere Landschaften war.

Ich denke immer öfter, dass ich einige der Bestandteile meiner Freundschaft zu M. niederschreiben sollte, um etwas aus dieser Zeit zu bewahren. Aber Geschichten sind tückisch und haben nur ihre eigene Form im Sinn. Durch das Erzählen einer Geschichte geht so viel verloren. Und unsere langen Spaziergänge und Unterhaltungen lassen sich nur schwer in eine Form bringen, egal, wie oft ich über sie nachdenke.

Ich werde das Foto hier als eine greifbare Erinnerung unserer Freundschaft einfügen.

Das, was folgt, ist ein unvollständiger Bericht.

2.

Ich traf M. einige Monate nachdem ich von Istanbul nach Paris gezogen war. Als ich in Paris ankam, hatte ich weder eine Arbeit noch einen Ort zum Leben. Ich hatte mich für ein Literaturstudium eingeschrieben, um ein Visum zu bekommen, aber schon vor meiner Ankunft war mir klar gewesen, dass ich niemals zu einem der Kurse gehen würde.

Ich hatte mich schon einmal für diesen Studiengang eingeschrieben, einige Jahre nachdem ich mein Studium in England beendet hatte. Damals hatte ich sehr genaue Vorstellungen von mir, und ich arbeitete diszipliniert an ihrer Erfüllung. Ich lebte gemeinsam mit meinem Freund Luke in London und versuchte, mein Leben Stück für Stück zusammenzusetzen. Ich träumte davon, dass Luke und ich nach Paris ziehen, uns dort zu Hause fühlen und das künstlerische Leben führen würden, das den Einheimischen nachgesagt wird. Gelegentlich sprachen wir sogar beim Abendessen Französisch, als Vorbereitung auf unser neues Leben.

In unseren Telefonaten hatte mich meine Mutter dazu ermutigt, nach Paris zu gehen. Ich war seit Jahren nicht mehr in Istanbul gewesen, und sie fand stets eine Möglichkeit, dies wie nichts Ungewöhnliches klingen zu lassen.

»Natürlich solltest du das machen, Nunu«, sagte sie. »Was hat Istanbul dir schon zu bieten?«

Ich hatte nie vorgeschlagen, zurück nach Hause zu kommen.

Statt von meiner Mutter erfuhr ich von ihren Tanten, dass sie krank war. Kurze Zeit darauf reiste ich nach Istanbul und verabschiedete mich fürs Erste von meinen Paris-Träumereien.

Als ich mich zum zweiten Mal dazu entschied, nach Paris zu gehen, sagten Asuman und Saniye, die Tanten meiner Mutter, dass es töricht sei, seine Wurzeln zu leugnen. Es klang nach etwas, das sie auch meiner Mutter gesagt hätten, um sie zum Schweigen zu bringen. Sie meinten, ich solle vernünftig sein und mir ein Leben in Istanbul aufbauen, als würde ich dazu nur bestimmte Bausteine zusammenfügen müssen. Auch ich hatte das einst so gesehen. Eine feste Arbeitsstelle, ein kurzer Arbeitsweg, ein verlässlicher Ehemann.

»Deine arme Mutter hat das nie fertiggebracht«, sagten die Tanten.

Für ein geordnetes Leben wäre die Nähe zu ihnen unerlässlich gewesen. Nur sie hätten mir den richtigen Weg weisen können. Sie wollten verhindern, dass irgendjemand glaubte, ich sei eine bemitleidenswerte Waise. Sie hätten zu gegebener Zeit für Hochzeitsgeschenke, Bettwäsche, Tischdecken und Essen gesorgt.

Sie boten mir sogar ihre Hilfe bei der Renovierung der Wohnung meiner Mutter an.

»Wir machen alles so, wie du es haben möchtest«, sagten sie und erläuterten mir ihre Pläne. Wir würden das Schlafzimmer meiner Mutter streichen und die Möbel austauschen. Das Arbeitszimmer mit den ganzen Büchern meines Vaters würde zu meinem Zimmer werden. Ohne all die Regale würde der Raum viel größer aussehen, sagten sie.

Mein Kinderzimmer würde bis auf weiteres als Gästezimmer fungieren.

»Und wer weiß«, sagte Saniye, »was die Zukunft bringen wird.«

Sie sagten, es sei eine Schande, als wir eines Nachmittags zum Notariat gingen, um den Verkauf der Wohnung abzuschließen.

Ich hatte ihnen schon angekündigt, dass ich einen Teil des Geldes dazu verwenden würde, nach Paris zu ziehen und die Studiengebühren und meine Ausgaben dort zu bezahlen.

Nachdem ich die Dokumente unterschrieben hatte,

wiederholten sie es noch einmal. »Es ist eine Schande. Das Zuhause deiner armen Mutter.«

Arme Mutter – diesen Titel hatten sie ihr erst nach ihrem Tod verliehen.

3.

In Paris zog ich in ein Studio in der Nähe des Gare du Nord, an dem die ankommenden und abfahrenden Züge wie die Schläge eines Herzens Menschenmengen versammelten und wieder verteilten. Mir gefiel der Gedanke, dass ich mich jederzeit in einen Zug setzen und die Stadt verlassen konnte. Das Viertel veränderte sich von Stunde zu Stunde und war nach Einbruch der Dunkelheit kaum wiederzuerkennen. In meinen ersten Wochen dort fühlte es sich nicht so an, als würde ich in Paris leben. Stattdessen lebte ich in den Abbildern verschiedener Orte.

Dem Vermieter meines Studios gehörte auch das Café du Coin im Erdgeschoss des Gebäudes. Wir hatten uns kurz im Café unterhalten, und dann hatte er mir meinen Koffer die unebene Holztreppe hochgetragen und mir die Tür aufgeschlossen.

»Falls Sie noch irgendetwas brauchen …«, hatte er gesagt und auf der Türschwelle verharrt. Dann schien er es sich anders überlegt zu haben und war die Treppe wieder hinabgestiegen.

Mein Zimmer war kahl und doch nicht ordentlich. Es war, als wäre jemand ausgezogen und hätte alles hinterlassen, was im neuen Leben nicht länger benötigt wurde. Es gab eine Matratze, einen quadratischen Tisch, einen Herd mit Teekessel und vier nicht zueinanderpassende Stühle. Aus Istanbul hatte ich Fotos, eine kleine Vase und zwei Porzellanstatuen mitgebracht. Bei meiner Ankunft dekorierte ich das Zimmer damit, aber die Sachen sahen darin so winzig und bedauernswert aus, dass ich sie nach einigen Tagen wieder in meinem Koffer verstaute.

Von meinem Fenster aus konnte ich jeden Tag einen neuen Haufen Sperrmüll sehen. Männer in langen, bunten Tuniken blieben daran stehen und inspizierten die Möbelstücke, bevor sie weiter zum Bahnhof zogen und die Ankommenden beobachteten.

Nachmittags lief ich zum Boulevard de Sébastopol und kaufte in einem Laden namens Istanbul-Grill-Foods eine Packung geröstete Kichererbsen. Ich lief weiter in Richtung Süden, zur Seine, und wollte durch die Viertel der Rive Gauche oder entlang des Flusses laufen, vorbei an all den golden glitzernden Sehenswürdigkeiten, die auf den Postkarten von Paris abgebildet waren und die Stadt in den Köpfen von Fremden zum Leben erweckten. Aber als ich am Fluss ankam, war ich zu überwältigt von dem, was vor mir lag.

Eines Abends betrachtete ich das braune Wasser und fühlte Panik in mir aufsteigen. Ich setzte mich auf eine Bank und fürchtete, ich würde es vor lauter Erschöpfung nicht zurück nach Hause schaffen. Nach einer Weile stand ich auf und lief langsam los, um meine Kräfte zu schonen. Als ich mein Viertel erreichte und die Einmündung meiner Straße sah, fand ich, ich hätte nicht umkehren sollen und sagte mir, dass ich am nächsten Tag mehr erkunden würde.

An manchen Tagen saß ich unten im Café du Coin. Ich kam oft zur Mittagszeit, allerdings aß ich nichts, sondern nippte nur an einem Kaffee und wurde jedes Mal an einen kleinen Tisch an der hinteren Wand gebeten. Auch nach mehreren Wochen zeigte der junge Kellner nicht das geringste Anzeichen eines Wiedererkennens. Er nahm lediglich ungeduldig meine Bestellung auf und brachte mir stets einen Kaffee in einer anderen Größe als die, um die ich gebeten hatte. Die Stammgäste aßen riesige Salate mit Fleischstreifen oder Tajines mit eingemachtem Gemüse und getrockneten Früchten. An manchen Tagen tranken sie Bier zum Essen, an anderen bestellten sie noch einen Nachtisch. Ich war erstaunt darüber, wie sie stets das perfekte Gericht für die jeweilige Tageszeit und den jeweiligen Tag auszuwählen schienen. Ich fragte mich, woher sie solche Dinge wussten. Solche kleinen Dinge wie tägliche Rituale zu bestimmten Tageszeiten.

Nachdem der Kellner die Teller der Stammgäste abgeräumt hatte, brachte er Kaffee und ging zu ihnen nach draußen, um eine Zigarette zu rauchen. Doch vorher kam er stets zu mir und tippte zweimal auf die Tischplatte als Zeichen, dass er abrechnen wollte. Ich blieb noch einige Minuten sitzen und stürzte den Rest meines Kaffees hinunter, hinterließ einige Münzen auf dem Tisch und stieg wieder die Treppe zu meinem Zimmer hinauf.

In einem von M.s Romanen beschreibt er eine Szene in Istanbul. Ich las sie, als ich zu meiner Mutter reiste, um mich um sie zu kümmern, und ich las sie wieder, als ich nach Paris zog. Ich wusste in diesen ersten Wochen bereits, dass M. ebenfalls in Paris wohnte und konnte mich nicht an diesen Gedanken gewöhnen. Ich konnte ihn mir nirgendwo anders als in Istanbul vorstellen, dem Zuhause seiner einsamen Charaktere.

In der Szene läuft ein alter Mann bei Sonnenuntergang an einer Bäckerei vorbei. Es ist Ramadan, und vor der Bäckerei stehen Leute, die Brot für das Abendessen mit ihren Familien kaufen wollen. (Ich vergab M. dieses Klischee eines Ramadan-Abends in Istanbul.) Es folgt eine lange Beschreibung, wie sich die Desserts immer höher in den Schaufenstern auftürmen, je näher die Zeit des Fastenbrechens rückt. Einen Moment lang scheint M. seinen Protagonisten zu vergessen und ergeht sich in

Beschreibungen von gehobelten Pistazien, nach Rosenwasser duftenden Nachtischen und Buttergebäcken, die wie Juwelen in den Schaufenstern glänzen. Es passt zu ihm, den Fokus der Erzählung zu verschieben, sich einem Festessen in Zeilenform hinzugeben. Doch der nachfolgende Satz ist mir stets in Erinnerung geblieben:

All die entschlossenen Leute vor der Bäckerei beobachtend, schämt sich der alte Mann und wendet sich von den dampfenden Brotlaiben auf der Theke ab.

Als ich diesen Satz zum ersten Mal las, dachte ich, die Brote seien der Grund für die Scham des Mannes und nicht nur die Leute vor der Bäckerei. Während meiner ersten Wochen in Paris erinnerte ich mich an diese Beschreibung, wann immer ich von meinen Spaziergängen nach Hause zurückkehrte.

Ich setzte mich an den Küchentisch, spürte, wie die Objekte im Zimmer die Kürze meiner Abwesenheit zur Kenntnis nahmen und schämte mich.

4.

Du solltest dich schämen«, sagten die Tanten, als sie mich in London anriefen, um mir von der Krankheit meiner Mutter zu erzählen.

Es gab zwei Möglichkeiten, was sie damit meinten. Vielleicht sollte eine Tochter es spüren, wenn es ihrer Mutter schlecht geht.

Vielleicht meinten sie aber auch, dass ich meine Mutter krank gemacht hatte.

Später wurde mir klar, dass meine Tanten diese Gelegenheit genutzt hatten, um mir ihre Meinung zu meinem Lebensstil mitzuteilen. Ich war weit weg und lebte mit Luke zusammen, einem Mann, den sie noch nie gesehen hatten. Ihrer Ansicht nach führte ich ein zu unbekümmertes Leben. Das gehörte sich nicht.

»Nejla hat dich an der langen Leine gelassen. Und jetzt sagt sie nichts, weil sie dich nicht unglücklich machen will«, sagte Saniye.

»So ist es. Aber wir werden nicht länger zulassen, dass sie um dich herumschleicht.«

Es war mir nie so erschienen, als hätte mich meine Mutter an der langen Leine gelassen. Wenn überhaupt, fand ich, war ich diejenige gewesen, die um sie herumgeschlichen war.

5.

In meinem Studiengang in Paris gab es einen Niederländer. Ich traf ihn bei meinem einzigen Besuch in der Universität, der dadurch veranlasst worden war, dass ich Dokumente einreichen musste. Wir tauschten unsere Telefonnummern aus und bekundeten beide, wie sehr wir uns auf das Semester freuten. Er erzählte, dass er den ganzen Sommer mit Lesen verbracht habe. Er nannte Buchtitel um Buchtitel, und es erschien mir, dass er mit seinen Erzählungen die ganze Welt zusammenfassen wollte. Ich nickte nur.

»Ich könnte mich stundenlang mit dir unterhalten«, sagte er am Ende, und ich stimmte ihm zu.

Wenige Tage später schrieb er mir eine Nachricht und fragte mich, warum ich nicht bei der ersten Vorlesung gewesen sei. Ich sagte ihm, ich sei krank und bat ihn, mir die Literaturliste für die darauffolgende Woche zu schicken.

Er lud mich zu einem Picknick am Wochenende ein, auf einer der Seine-Inseln. »Ein paar Leute aus der Uni wollen das schöne Wetter ausnutzen. Vielleicht hilft die Sonne ja beim Gesundwerden.«

Ich lief zum angegebenen Treffpunkt auf der Île Saint-Louis und erkannte die Gruppe schon von Weitem. Alle trugen schlichte Sachen in angesagten Farben und hielten ihre Gläser mit beiden Händen umklammert, als wären sie wertvolle Schätze. Auf ihren Gesichtern spiegelten sich Neugier und Begeisterung, während sie sich unterhielten und einander zunickten. Ich konnte mir beim besten Willen nicht vorstellen, worüber sie redeten. Mir fiel auf, dass ich nichts zu essen mitgebracht hatte und drehte um.

Auf dem Rückweg kam ich auf der Pont Saint-Louis an ein paar Leuten vorbei, die inlineskateten. Sie trugen Tweed-Anzüge und Melonen und fuhren zu klassischer Musik im Slalom zwischen Plastikkegeln hindurch. (M. erzählte mir später, dass er diese Brücke nicht mochte, weil sie nicht zum *wahren* Paris gehöre, sondern den Touristen. Wir gingen immer über die Pont de la Tournelle.) Einer von ihnen, ein älterer Herr, der etwas langsamer war, tippte sich an seinen Hut, als ich an ihm vorbeiging.

Als ich eine weitere Nachricht von dem Niederländer bekam, schrieb ich, dass mir die Bücher auf der Literaturliste gefallen hätten und dass wir uns bald wiedersehen würden. Danach schaltete ich mein Handy nur noch an, wenn ich die Tanten meiner Mutter anrief.

Ich erzählte ihnen, dass Paris schön sei, eine wahre Weltstadt, wie sie immer sagten.

»Sur la rue de Rivoli, un jeune homme et une belle fille«, zwitscherten sie gemeinsam.

Das sagten sie immer, wenn wir über Paris redeten. Es war eine Zeile aus einem ihrer alten Schulbücher.

»Das ist doch nicht richtig«, sagten sie auch immer. »Dass du da so allein bist.«

Ich sei mit meinem Studium beschäftigt und hätte kaum Zeit, darüber nachzudenken, antwortete ich ihnen.

6.

In London lebte ich mit meinem Freund Luke zusammen, doch ich nannte ihn nie bei seinem richtigen Namen. Ich nannte ihn »Buddy«, obwohl ich nicht behaupten kann, dass dieses Wort zu meinem normalen Vokabular gehört. Ich weiß nicht mehr, wieso ich damit angefangen hatte. Ich tat es ganz unironisch, als wäre Englisch meine Muttersprache. Aber ich setzte mir mein Leben wie gesagt Stück für Stück zusammen, und es schien mir, als hätte ich noch mal ganz von vorne begonnen.

Er nannte mich »Buddyback«.

»Du bist mein Buddy«, sagte ich eines Abends zu ihm, und er sagte: »Du bist mein Buddyback.«

Und so nannte er mich dann.

»Hey Buddyback«, sagte er.

»Hey Buddy«, sagte ich beim Aufwachen in unserem Studio, in dem sich allerlei Dinge befanden, die unseren neuen Identitäten gehörten: bergeweise psychologische Fachliteratur, Dekorationen aus Ländern, in denen wir nie gewesen waren, kleine Ritualgegenstände, mit denen wir unseren Alltag strukturierten – Räucherstäbchen, Kerzen, Keramiktassen.

Luke war mir bei unserem Puzzlespiel voraus. Er sprach von Grenzen, dem Übergang zur Reife, darüber, wie man das innere Kind heilen konnte. Er erzählte mir von seiner Familie, als würde er einen Umschlag nach dem anderen öffnen und ihn zur Seite legen, bevor er mit der nächsten Person fortfuhr. Wir begannen mit seiner Mutter, dann waren seine Geschwister dran, und schließlich kamen wir zu seinem Vater.

Eines Tages malte er ein Diagramm für mich mit all den möglichen Beziehungen zwischen Erwachsenen, Kindern und Eltern und bat mich, die leeren Rechtecke mit Menschen aus meinem Leben zu füllen. Solche Aktivitäten waren unsere Art, uns besser kennenzulernen. Fragebögen, Mindmaps, assoziative Zeichnungen.

»Erwachsen/Erwachsen« schrieb ich in das Rechteck für unsere Beziehung.

In das Rechteck für meine Mutter schrieb ich »Erwachsen/Kind«. Doch dann überlegte ich es mir anders und schrieb »Kind/Kind«.

Als ich zum ersten Mal zum Studieren nach England gekommen war, hatte ich mit meiner Mitbewohnerin Molly ihre Eltern besucht und dort ein Kinderbuch mit

Reimen gelesen. Molly hatte mir gesagt, dass das früher ihr Lieblingsbuch gewesen sei, und ich hatte mir gewünscht, es wäre auch meins gewesen. Es bestand aus purem Nonsens und spielte mit Sprache und Wörtern. Doch noch mehr als auf das Buch war ich neidisch auf das Kind, das Molly gewesen sein musste, und ihre Kindheit.

Als ich mit Luke zusammenzog, kaufte ich mir das Buch und erzählte ihm, dass es zu meinen Kindheitsschätzen gehöre. Wir lasen es uns im Bett liegend vor und kicherten. Luke fragte nicht, ob der Text sich auch auf Türkisch reimte. Und ich war beflügelt von dieser erfundenen Intimität.

»Buddy«, sagte ich. »Buddy, Buddy, Buddy.«

7.

An Abenden, an denen sich meine Mutter während meiner Kindheit nicht wortlos in ihr Zimmer zurückzog, stand sie in meiner Tür, bevor ich zu Bett ging. Ich hatte alles aufgeräumt: meine Bücher, meine Kleider, die Papierschnipsel meiner verschiedenen Projekte. Ich faltete meine Socken so, wie meine Großmutter es mir beigebracht hatte und steckte sie in einen Hausschuh, bevor ich mich hinlegte. Das war das Ritual, mit dem ich nach dem Tod meines Vaters jeden Tag meiner Kindheit sicher zu Ende bringen konnte.

»Nunu«, sagte meine Mutter von der Türschwelle aus.

»Nejla«, sagte ich.

Manchmal sagte sie »Nunito«.

Manchmal sagte sie »Nunu, Nunito, Nukotiniko«.

Manchmal sah sie mich auch an, als frage sie sich, wer ich sei. Dann kam sie rein und setzte sich auf die Bettkante.

»So ein ordentliches Zimmer«, sagte sie. Ich wusste nicht, ob das ein Lob sein sollte.

An den besten und an den schlimmsten Tagen sagte sie: »Lass uns unseren Tag rekapitulieren.«

»Zuerst haben wir gefrühstückt. Du hast deinen Käse in sehr ordentliche Dreiecke geschnitten … Auf dem Weg zur Fähre haben wir ein gelbes Auto gesehen, das uns an eine Schildkröte erinnert hat … Die Türklinke der Baylan-Patisserie war wie ein Delfin geformt.«

Nie schloss sie die großen Ereignisse eines Tages ein, wie das eine Mal, als wir auf der Fähre ihrem Freund Robert begegnet waren, oder wie an dem Sonntagnachmittag, an dem wir wegen einer Gruppe Männer das Restaurant verlassen hatten, obwohl wir noch nicht aufgegessen hatten. Sie kommentierte die Punkte ihrer Tagesliste auch nicht. Aber ich wusste, dass sie sie sorgfältig ausgewählt hatte. Ich vermutete, dass das rostige, gelbe Auto sie an den Wagen erinnert hatte, den mein Vater fuhr, bevor er starb, oder dass die Türklinke der Patisserie ihre Art war, mir zu sagen, dass es am Tag trotz ihrer Stille einen schönen Moment gegeben hatte.

»Was für ein Tag«, sagte sie zum Abschluss. »So viel erlebt.«

8.

Paris war voll von essenden Menschen. Das ist eine meiner Erinnerungen aus jener Zeit. Genau wie die Terrakottatöpfe mit Pflanzen, die sich auf winzigen Balkonen drängten. Der erste Eindruck einer Stadt ist angeblich der authentischste – der einzige Moment, in dem ein Neuling einen Blick auf ihr wahres Wesen erhaschen darf. Überall sah ich neu erwachtes Leben.

Einmal, als ich von einem Spaziergang zurückkam, setzte ich mich ins Café du Coin und beschloss, ein ordentliches Gericht zu bestellen. Ich bat um die Karte und nahm mir Zeit, um sie zu betrachten.

Ich bestellte Tatar und ein Steak. Dann bat ich um eine heiße Schokolade.

Erst als ich den ungläubigen Blick des Kellners sah, bemerkte ich, wie seltsam meine Bestellung war. Zunächst brachte er mir das Tatar. Die heiße Schokolade bekam ich erst, als ich ihn aus Stolz daran erinnerte.

Als er sah, dass ich das rohe Fleisch nicht angerührt hatte, fragte er, ob ich das Steak trotzdem noch wolle. Ich bejahte. Anschließend bat ich ihn, mir alles einzupacken. Mir war klar, dass das in Paris nicht gang und gäbe war. (Auch in Istanbul wäre diese Bitte ungewöhnlich gewesen.)

»Klar«, sagte der Kellner. »Das macht sich bestimmt auch gut zum Frühstück, zu einer weiteren heißen Schokolade.«

Die Box mit dem Fleisch stand wochenlang in meinem Kühlschrank. Immer, wenn ich ihn öffnete, sah ich, dass sich äußerlich nichts verändert hatte. Manchmal saß ich am Küchentisch, guckte den Kühlschrank an und war überrascht, dass alles so normal wirkte. Ich stellte mir das Fleisch im Inneren vor, wie es schlecht wurde und schimmelte. Aber es gab kein Anzeichen der Verwesung, keinerlei Unannehmlichkeit für mich. Tag für Tag überzeugte ich mich davon, dass die Box noch unversehrt in meinem Kühlschrank lag.

Ich wollte damals irgendetwas testen, ich weiß nur nicht genau, was. Die Ordnung der Welt vielleicht, oder ihren Kipppunkt.

9.

Luke war der Meinung, dass Menschen ihr ganzes Leben lang Geschichten erzählten. Und mit Geschichten meinte er Unwahres, Erfundenes. Laut ihm hatte jeder eine eigene Geschichte. Man erzählte sie wieder und wieder, zu jeder sich bietenden Gelegenheit.

Diese Erkenntnis schien mir offensichtlich, aber das sagte ich ihm nie. Ich sagte ihm, dass ich keine einfache Kindheit gehabt hätte, mir durchaus bewusst, wie dunkel und exotisch das klang. Mein Vater sei Dichter gewesen und früh gestorben, als ich noch sehr jung war. Ich erinnere mich noch, wie es gewesen sei, mit einem Kreativen zusammenzuleben, sagte ich, wie das unser Leben bestimmt habe.

In Wahrheit hatte ich meinen Vater nie schreiben gesehen. Meine Erinnerung reicht nicht zu jenem Tag zurück, an dem er das Schreiben aufgab. Ich erinnere mich nur daran, wie er sich in sich zurückzog.

Ich erzählte Luke auch, dass meine Mutter nie das wahre Wesen meines Vaters begriffen habe. Sie hätte immer gewollt, dass er ganz normal sei, sagte ich. Sie hätte seine kreative Welt so vehement abgelehnt, dass er daran zerbrach. Das war die Sprache, die Luke und ich miteinander sprachen. Vielleicht spürte ich, dass diese Worte nicht ganz zu mir passten und konnte deshalb einfach alles Mögliche erzählen. Doch ich war mir dieses stillen, unnachgiebigen Drangs bewusst und versuchte, mit meinen Worten gegen ihn anzukommen.

Ich sagte Luke gelassen, dass meine Kindheit von der Unzufriedenheit meiner Mutter überschattet gewesen sei, völlig ausgelöscht von ihrer eigenen traurigen Geschichte.

Doch ich hätte mich damit abgefunden, sagte ich, und um diese Aussage zu bekräftigen, warf ich mit Worten wie »Selbstwert« und »Selbstmitgefühl« um mich.

Damals war ich seit drei Jahren nicht mehr in Istanbul gewesen.

Luke hörte mir mit ernstem Gesicht zu, nickte zwischendurch und streckte seine Hand aus, um meine Schulter zu drücken. Diese Momente waren aufregend, ein Genuss. Ich dachte, ich könnte ihm einfach alles erzählen.

10.

Als mein Vater noch lebte und wir in Moda wohnten, nahm meine Mutter mich am frühen Abend oft mit auf einen Spaziergang. Wir brachen immer überhastet auf, ohne uns bei meinem Vater zu verabschieden, und knallten die Tür hinter uns zu.

Draußen liefen wir in hohem Tempo weiter – vorbei am Lebensmittelladen, der Moschee und entlang der sich windenden Straßenbahnschienen. Ich musste rennen, um mit meiner Mutter Schritt zu halten. Schließlich erreichten wir das Kap von Moda, wo die Möwenschwärme panisch aufflogen und kreischend gegen die Verdunklung des Himmels ankämpften. Still standen wir dort und beobachteten die Fähren in der Ferne. Wenn ich nach einiger Zeit unruhig wurde und meine Mutter fragte, ob wir wieder nach Hause gehen könnten, erzählte sie mir manchmal von den smaragdfarbenen Gipfeln des mythologischen Bergs Qāf, dessen Reflexionen dem Himmel seine Farbe gaben. Dieser Berg, sagte sie, sei nur von Dschinns und Feen bewohnt und sehr weit weg. Er befände sich auf der anderen Seite des dunklen Meers, das die Erde umgab und dem selbst mächtigste Schiffe nicht gewachsen waren.

Es war, als wäre dies ihr Angebot im Tausch gegen unsere Wohnung, gegen meinen im Sessel sitzenden Vater.

Auf dem Rückweg sahen wir manchmal, wie der Maronenverkäufer seine schwarzen Hände über den Kohlen rieb. Dann blieb meine Mutter stehen und sagte: »Lass uns feiern.« Ich lernte, dass Maronen trotz ihrer leichten Verfügbarkeit, ihres trockenen Geschmacks und des gleichgültigen Gesichtsausdrucks ihres Verkäufers etwas Besonderes waren.

Wenn wir nach Hause kamen, rief ich nach meinem Vater, um auch ihn in unsere Feier einzubeziehen.

»Wir haben Maronen gekauft! Komm und hol dir welche!«

Ich erinnere mich nicht daran, dass er je geantwortet hätte.

»Los, bevor wir sie alle aufgegessen haben!«

»Dein Vater schreibt«, sagte meine Mutter dann immer.

Aber mein Vater saß nur in seinem Sessel im Arbeitszimmer am Fenster und murmelte vor sich hin. Ich dachte, ihm sei vielleicht kalt, weil er sich immer so vor- und zurückwiegte.

»Was murmelst du da?«, fragte meine Mutter, wenn sie ihn so antraf. »Hör doch auf mit dem Unsinn.«

Manchmal schrie sie ihn auch an.

Aber selbst ich sah, dass mein Vater nicht anders konnte. Ich schämte mich für die Ignoranz meiner Mutter, für ihre kindische Überzeugung, dass mein Vater uns nur etwas vorspielte, wie ich, wenn ich mich wie tot auf den Boden legte und der lebendigen Stadt draußen lauschte.

11.

An manchen Tagen war ich nicht in der Lage, die Essenz von Paris zu erfassen.

In diesen ersten Monaten las ich wieder und wieder M.s Romane. Mühelos glitt ich in jene mir so wohlbekannte Welt, in der Erkenntnisse spärlich gesät waren, Tragödien sich in Klammern abspielten und Momente großer Freude heruntergespielt wurden.

Vor meinem Fenster ergoss sich das orangefarbene Licht der Straßenlaternen auf das auf dem Gehweg liegende Laub. Mit jedem Tag veränderte sich die Stadt, tauchte in eine neue Jahreszeit ein, ohne dass ich daran teilhatte.

Beim Lesen war ich abwesend und bekam manchmal seitenlang nichts von der Handlung mit. Dann wieder stieß ich auf ein so scharf umrissenes Detail – ein rundes Tablett mit Gurken in einem Lebensmittelladen, beleuchtet von einer einzelnen Neonröhre –, dass es sich so anfühlte, als wäre ich meiner eigenen Stadt zum Greifen nah.

Ich las, und Morgenstunden gingen in Nachmittage über, Nachmittage in Abende, der Bahnhof in der Nähe saugte Menschen ein und spuckte sie wieder aus, als wäre er ein riesiges Herz, die Schatten kamen bedrohlich näher und zogen sich wieder zurück. Und mit den Echos aus Istanbul weitete und verdunkelte sich mein Zimmer.

12.

Wenn wir nach Sonnenuntergang von unseren Spaziergängen nach Hause kamen, stand mein Vater aus seinem Sessel auf und verließ wortlos das Haus. Es war wie ein Tanz, ein Kommen und Gehen. Tag für Tag liefen wir aneinander vorbei.

Er kam immer erst spät zurück, nachdem er lange unterwegs gewesen war. Meine Mutter und ich hörten ihn aus unseren jeweiligen Zimmern. Ich weiß nicht wieso, aber ich wusste, dass meine Mutter ihn auch hören konnte. Stille ist eine Sprache für sich.

Wir hörten, wie er den Schlüssel umdrehte, die Tür schloss und im Flur stand. Schon bei diesen Geräuschen spürte ich die Wut meiner Mutter.

Anschließend kam er in mein Zimmer. Manchmal hielt ich meine Augen geschlossen und tat so, als würde ich schlafen. Dann konnte er auf dem Boden sitzen und sich sammeln. Manchmal setzte ich mich auch auf.

Er fragte mich, was ich gerne in meinen Träumen sehen würde, und ich sagte Zebras, Elefanten, Löwen.

»Wenn das so ist«, sagte mein Vater, »haben wir beide heute Nacht eine lange Reise vor uns.«

Ich weiß noch, dass unsere Wohnung in Moda langgezogen und schmal war. Die Räume reihten sich aneinander wie Zugwaggons: der Flur, mein Zimmer, die Küche, das Arbeitszimmer meines Vaters, das Esszimmer, das Fernsehzimmer, das Schlafzimmer meiner Eltern, der Balkon. In meiner Erinnerung ist die Wohnung wie ein Zug, weil mein Vater sie so sah.

»Zwei Waggons durchquert«, sagte er. »Bleiben noch sechs.«

Doch in Wahrheit war der achte und letzte Waggon in diesem Spiel – der Balkon – sein Preis und zählte nicht. Selbst in der Wohnung wollte er so schnell wie möglich wieder nach draußen und an die frische Luft.

Deshalb zählte ich die Waggons an meinen Fingern ab und sagte:

»Nur noch fünf.«

Am schwierigsten war der letzte Waggon: das Schlafzimmer meiner Eltern mit meiner wachen Mutter darin.

Die acht Waggons auf dieser Reise, sagte mein Vater, seien wie die acht Zimmer meines vollständigen Namens. »Ich habe ihn dir gegeben«, sagte er immer. »Er ist mein Geschenk an dich.«

Dann zählte er ihn an seinen Fingern ab: N, U, R, U, N, I, S, A.

Vielleicht wollte er mir die Buchstaben beibringen. Ich weiß es nicht. Ich habe diese Geschichte noch nie jemandem erzählt.

Ich staune über diese Erinnerung, die so anders ist als die meisten anderen Erinnerungen an meinen Vater. Über diesen Moment der Klarheit.

Mein Vater sagte, dass es auf seiner Reise zum Ende des Zuges zwei Zweiergruppen von Waggons gebe: Die zwei Ns – der Flur und das Esszimmer – seien Übergangsorte, an denen er innehalten und lauschen müsse, bevor er weitergehen könne. Die Us – mein Zimmer und sein Arbeitszimmer – seien Ruhezonen, in denen er sich sammeln könne.

Wenn er mein Zimmer verließ, sagte er mit einer an Zeichentrickfilme erinnernden Roboterstimme: »Runde zwei abgeschlossen. Nächster Halt: R.«

Er winkte mir von der Tür aus zu, und ich wünschte ihm viel Glück. Ich lauschte seinen Schritten von Raum zu Raum, zählte mit ihm mit und hielt die Luft an, wenn ich hörte, dass er sich dem Schlafzimmer näherte. Wenn meine Mutter aufstehen und zum Hindernis werden würde, könnte mein Vater nicht auf den Balkon gehen.

13.

Eines Nachmittags, als ich nach einem abgebrochenen Spaziergang nach Hause lief, entdeckte ich M.s Namen im Schaufenster eines Buchladens. Unter dem Titel »Stadterzählungen« sollte es eine Lesung einiger Autorinnen und Autoren geben. Einer von ihnen war vor Kurzem für seinen Roman über die Belle Époque in Paris berühmt geworden, jene Zeit, in der Kunst- und Literaturschaffende auf schicken Feiern Ideen ausgetauscht hatten. Das Buch erkannte man sofort an seinem gelben Cover – ich hatte sogar in Istanbul Übersetzungen davon gesehen – mit zum Tanz gekleideten Leuten, die um ein Klavier und um Tische saßen oder bei einer Leinwand standen. Ich hatte das Buch nicht gelesen, aber thematisch kam es nah an das heran, was ich mir für Lukes und mein Leben in Paris vorgestellt hatte.

Am Abend der Lesung traf ich früh im Buchladen ein und suchte mir einen Platz in den vorderen Reihen in der Nähe der Wand. M. kam einige Minuten später und redete kurz mit dem Personal, bevor er sich auf den letzten Stuhl auf der behelfsmäßigen Bühne und damit mir direkt gegenüber setzte. Dann fing er an, durch sein Buch zu blättern.

Er sah anders aus als auf den Fotos. Mir war nicht bewusst gewesen, wie groß und dünn er war. Er saß vornübergebeugt da, als wolle er über seine Größe hinwegtäuschen. Er trug ein zerknittertes Hemd und einen marineblauen Pullover, der ihm etwas zu groß war. Ich hatte ihn mir ordentlicher vorgestellt, fast pedantisch – vielleicht, weil er in seinen Büchern jeder Straße einen Namen gab, Bäume, Läden und Lebensmittel aufzählte und so mit der Geduld eines Miniators eine ganze Welt erschuf.

In dem Jahr, als ich in Istanbul lebte und mich um meine Mutter kümmerte, hatte ich eine Rezension von M.s neuestem Buch in einer türkischen Zeitung gelesen. Der Rezensent sagte, es sei zwar ein Vergnügen, Istanbul mit den Augen eines Ausländers zu sehen, aber anstrengend, jeden einzelnen Stein zu betrachten. Ich freute mich, als ich das las. Es war, als wäre ich die Einzige, die M.s Werk verstand.

In derselben Rezension stand auch, dass M. regelmäßig in einer der Burgerbuden auf dem Taksim-Platz essen würde, und ich stellte mir vor, wie es wäre, ihn dort zufällig zu treffen. Der Rezensent warf die Frage auf, was es bedeutete, wenn ein Fremder an den intimsten Ritualen von uns İstanbullus teilhatte. (Mir war bis dahin gar nicht klar gewesen, dass die Burgerbuden vom Taksim-Platz so etwas Besonderes waren.) Der Rezensent fragte auch, ob die Liebe einer türkischen Frau – einer Malerin, mit der M. für kurze Zeit verheiratet gewesen war – ausreichte, um einem Autor Zugang zur Stadt zu gewähren.

Er schrieb, dass Istanbul doch mehr sein müsse als geduldig aufgezeichnete Sehenswürdigkeiten und Geräusche, die dann wie Verletzungen von M.s einsamem Protagonisten umhergetragen wurden. Dessen Zurückgezogenheit von der Welt sei vielleicht ein Zeichen von M.s eigener Fremdheit in der Stadt und dem begrenzten Verständnis selbiger. Der Rezensent schloss mit der Feststellung, dass man nie die Möglichkeit habe, die Freude und die Trauer des Protagonisten zu teilen. M.s Bücher zu lesen sei trotz ihres Detailreichtums wie ein nächtlicher Spaziergang durch ein nebliges Istanbul.

Wie gesagt: Ich freute mich über die Rezension.

In meinem Tagtraum mit dem zufälligen Treffen zwischen M. und mir lasen wir das gleiche Buch, während wir am Tresen stehend aßen. Wir lachten über diesen Zufall, fingen ein Gespräch an und liefen dann die gesamte İstiklal Caddesi entlang, von einem Thema zum nächsten springend oder wie alte Freunde in Stille spazierend.

Als das restliche Publikum sich zu setzen begann, legte M. sein mit Papierschnipseln markiertes Buch zur Seite. Eine Frau am anderen Ende des Raums fragte rufend, ob das hier die Lesung über Paris sei. M. sah mich an und lächelte.

»Sie sollten fliehen, solange Sie noch können«, sagte er.

Der berühmte Autor traf als Letzter ein. Er kam in Begleitung einer Gruppe junger Leute, die vielleicht seine Studierenden waren. Er ging zu M., schlug ihm auf den Rücken und sagte seinen Studierenden, dass sie in guter Gesellschaft seien.

»Vergessen Sie mich«, sagte er. »Er hier ist der wahre Autor. Sie sollten seine Bücher lesen. Brillant.«

M. war der Letzte, der etwas las. Bevor er anfing, bat der Moderator ihn, seine Verbindung zu Istanbul zu beschreiben. »Für viele von uns«, sagte er, »ist Istanbul eine Stadt voller Geheimnisse, Konstantinopel, das gefallene Rom. Die Brücke zwischen Ost und West.« Der Moderator erzählte von seinem ersten Besuch in Istanbul. Es hätte anschließend noch viele weitere gegeben, sagte er. Man könne nicht anders, als sich in die Stadt zu verlieben. Er hätte sich gefühlt, als würde er durch die Geschichte spazieren, durch Weltreiche und Zivilisationen. Mehrere Leute im Publikum nickten eilig, um das Gesagte anhand ihrer eigenen Erfahrungen zu bestätigen.

Damals war Istanbul auf der ganzen Welt beliebt gewesen. Das hatte hauptsächlich an seiner Vielfalt und seiner Position als sogenannter Treffpunkt zweier Welten gelegen. Auf einmal hatte es Unmengen an Büchern über Istanbul und seine traurige und glorreiche Vergangenheit gegeben – in jenen Büchern war Istanbul anscheinend immer eine traurige und glorreiche Stadt, als wäre sie seit ihrer nicht näher beschriebenen Blütezeit lediglich verfallen. Selbst türkische Literaturschaffende hatten angefangen, ihre eigene Stadt aus einer neuen Perspektive zu sehen. Diese Zeit ist inzwischen zum größten Teil vorüber. Es war eine bessere Zeit.

»Wie steht es mit Ihnen?«, fragte der Moderator M. schließlich. »Wie machen Sie die echte hinter der mystischen Stadt aus? Oder vielleicht sollte ich eher fragen, ob Sie das jemals geschafft haben.«

M. schwieg einen Moment lang. »Ich will Sie nicht langweilen«, sagte er. »Wenn ich versuchen würde, darüber zu reden, könnte es trivial wirken.«

»Also gut. Sie wollen uns also nichts über Ihre Sicht der Stadt erzählen. Dann vielleicht etwas anderes?«

Einige im Publikum lachten. M. lächelte und schlug eine markierte Seite auf. Er betrachtete sie eine Weile. »Nein«, sagte er. »Vielleicht lese ich lieber eine andere Stelle vor.«

Er blätterte im Buch herum und las schließlich eine kurze Szene vor, die in Moda spielt. Ich erinnerte mich sehr gut an diese Szene mit dem steinigen Strand und den seltsamen Farben des Abendhimmels.

Am Ende der Lesung versammelte sich das Publikum um den berühmten Autor.

Ich folgte M. in den hinteren Teil des Ladens, wo er sich mit zwei älteren Herren über die Besetzung von Istanbul unterhielt. In meiner Tasche steckten zwei seiner Bücher, und ich wartete auf den richtigen Moment, um ihn anzusprechen. Doch als das Gespräch beendet war, überlegte ich es mir anders und tat so, als würde ich mir die Bücher in den Regalen ansehen.

Sicherlich leben alle Lesende in dem Irrglauben, mit den Autorinnen und Autoren ihrer Lieblingsbücher gut befreundet sein zu können. Dass nur sie diese Personen verstehen würden und es eine besondere Verbindung zwischen ihnen gäbe. Obwohl ich mir der Illusion bewusst war, wollte ich nicht das kurze und enttäuschende Gespräch mit M. führen, in dem er mich höflich begrüßt, mir für mein Kommen dankt und mir ein Autogramm gibt. Ich hätte ihm meinen ganzen Namen statt des nicht einzuordnenden »Nunu« genannt, damit er merkte, dass ich türkisch war. Vielleicht hätte er mir ein, zwei Fragen gestellt und dann »Für Nurunisa, in Freundschaft« in mein Buch geschrieben.

In jenem Jahr in Istanbul hatte ich meiner Mutter Passagen aus M.s Büchern vorgelesen. Ich weiß noch, dass es in einer Passage um Zypressen ging. Es war ein weiteres Beispiel für M.s Neigung, sich den Dingen hinzugeben, sich von seinen einsamen Protagonisten abzuwenden und Bäume zu beschreiben, als würde er sie einen nach dem anderen mit Buchstaben zeichnen wollen.

»Alle Ausländer denken immer, dass Istanbul voller Zypressen ist«, hatte meine Mutter gesagt, als ich fertig vorgelesen hatte. »Wer weiß, ob dieser Mann überhaupt jemals hier gewesen ist.«

Ich erzählte ihr, dass er in Istanbul gelebt hatte, während er den Roman schrieb.

»Dann muss er blind sein«, sagte sie.

Ich nahm an, dass meine Mutter den Zypressen einfach nur deshalb ihre Bedeutung absprach, weil sie selbst sie nicht mochte. Wenn wir zu meinen Großeltern nach Aldere fuhren, wirkten die Zypressen rund um den Edirnekapı-Friedhof, auf dem mein Vater begraben war, wie aufziehende dunkle Wolken auf mich. Meine Mutter schwieg so lange, bis sie hinter uns nicht mehr zu sehen waren.

14.

Nach dem Tod meines Vaters schickte meine Mutter mich für einen Monat zu meinen Großeltern – ihren Eltern – nach Aldere, einem kleinen thrakischen Ort, einige Stunden von Istanbul entfernt. Ich war damals sieben und verbrachte den Großteil meiner Zeit in der Küche bei meiner Großmutter, bevor ich nachmittags für ein paar Stunden in die Schule ging. Während meine Großmutter kochte, lag ich auf dem hölzernen Diwan, ein Bein über das andere geschlagen, und betrachtete das Muster, das die Risse in der Decke bildeten. Meine Großmutter sang die Lieder im Radio laut und ich im Kopf mit.

Jeden Tag fragte sie mich, was ich gerne zu Mittag essen würde, und ich sagte: Spinattaschen, Baklava, Toast mit Sauerkirschmarmelade, Kaffee mit Milch und Honig. Wenn sie Teigtaschen machte, bekam ich ein Stück Teig, mit dem ich spielen konnte. Wenn sie Kartoffeln briet, machte sie diamantförmige Stempel, die ich in Farbe tunkte und auf gestärkten weißen Stoff drückte.

Eines Tages saßen wir nach dem Abendessen mit dem örtlichen Arzt und seiner Frau im Garten. Sie hatten einen Beutel voller Spielzeug mitgebracht, das ihren Enkelkindern gehörte. In jenem Monat durfte ich bis spät in die Nacht bei den Erwachsenen sitzen. Ich wühlte durch den Beutel, sah mir die neonfarbenen Bären und Kätzchen an und fühlte mich einsam, weil all diese Tiere ihre Freundschaft anderen Kindern geschworen hatten. Ich hatte das Gefühl, dass sie mich mitleidig ansahen und gerne losgewesen wären, um zurück zu den anderen Kindern gehen zu können.

»Es kam und ging wie die Jahreszeiten«, hörte ich einen der Erwachsenen sagen. »Er war nicht derselbe. Sein Zustand änderte sich alle paar Monate.«

»Es bricht einem wirklich das Herz.«

»Aber wir konnten nichts tun. Er konnte ja kaum …«

»Wie ein Kleinkind.«

»Vielleicht ist es besser so, Gott vergib mir.«

»Natürlich hat sie das ausgelaugt.«

Ich lauschte dem Gespräch wie im Traum und ließ mich von einem Wort zum nächsten treiben. Ab und an sah jemand zu mir herüber, und dann senkten sie ihre Stimmen zu einem Flüstern, aber nach einiger Zeit türmten sich ihre Stimmen wieder zur nächsten Welle auf.

»Zu nichts nutze«, sagte mein Großvater plötzlich und knallte seinen Löffel so laut auf den Tisch, dass wir alle zusammenzuckten.

Viele Jahre lang kramte ich diese Worte immer wieder hervor und konzentrierte mich mit aller Kraft darauf, sie zu verstehen.

15.

Zurzeit reden alle in Istanbul über Veränderung. Alles verändert sich rasend schnell. Vielleicht sind es auch keine Veränderungen in dem Sinne. Sondern Dinge, die wir bisher nicht sehen konnten und nun hervorgeholt werden.

Gebäude werden abgerissen, Menschen demonstrieren und marschieren. Einige verschwinden und können ihre Geschichten nicht mehr erzählen. Und dann ist da noch das unerträgliche, konstante Summen der Stadt, das alles übertönt und vor uns verbirgt, was sich verbiegt, verdreht, verschwindet und im Gewand eines neuen Bösewichts vor uns auftaucht.

Im Moment ist es unmöglich zu sagen, wohin sich das alles entwickeln wird. In der Zwischenzeit müssen wir abwarten. Natürlich mangelt es nicht an verschiedenen Meinungen, aber keine dieser Meinungen sieht etwas Gutes voraus.

Doch eins möchte ich festhalten inmitten des Chaos: die alten Etablissements – die Läden, Restaurants, Teehäuser und Patisserien, die wir mit Namen kennen und die uns Orientierung in der Stadt bieten – schließen eins nach dem anderen. Ihre Häuser werden abgerissen und mit neuen ersetzt, brandneue Schilder lösen die bröckelnden Schriftzüge ab, auf die wir nie schauen mussten, weil wir sie so gut kannten wie unsere eigenen Namen.

Und dann gibt es da natürlich noch die Kinos und die Theater: das Emek Sineması, das Lale Sineması, das Şan Tiyatrosu.

Die Tanten erzählten mir, dass mein Vater zur Zeit des Studiums meiner Eltern immer auf dem Kanlıca-Platz gewartet hatte, um mit meiner Mutter ins Emek-Kino zu gehen. Das muss gewesen sein, als die »Der Pate«-Filme liefen, jedenfalls vermute ich das. Ich stelle mir vor, wie sie am Kabataş-Anleger ankommen und, die Rufe der Transvestiten ignorierend, durch die Gassen von Tarlabaşı laufen. Männer mit Schnurrbart patrouillieren entlang der steilen Straßen, aus den Bordellen dringt Neonlicht, und in den trubeligen Kaffeehäusern hört man Nachbarn streiten.

Wer weiß, vielleicht haben sich die beiden sogar Maronen in der İstiklal Caddesi gekauft.

»Er erschien immer aus heiterem Himmel«, sagten die Tanten, wenn sie erzählten, wie mein Vater, in sein

Notizbuch vertieft, auf dem Platz auf meine Mutter gewartet hatte. »So hat er es gemacht. Er hat einfach so lange gewartet, bis sie nachgegeben hat.«

Selbst bei Schnee und Regen hätten mein Vater und sein Notizbuch dort gewartet. Das war eine andere seltsame Seite meines Vaters, aus der Zeit, in der seine Seltsamkeit sich noch für Anekdoten geeignet hatte.

»Dieser arme Junge«, sagte Saniye manchmal. Und mit diesen Worten änderte sich mein Vater. Seine früher so unschuldige Seltsamkeit erhielt auf einmal neue Bedeutung.

Istanbul ist einst ein unschuldiger Ort voller vertrauenswürdiger Namen gewesen. Aber fast alle diese Namen sind verschwunden.

Die Leute haben Angst vor dem Voranschreiten der Zeit. Überall werden Anzeichen des Alters ausgelöscht.

16.

Eine weitere von Lukes Theorien war, dass es in jeder aus zwei Personen bestehenden Beziehung noch eine dritte Partei gab. Während unserer Beziehung spülten seine Theorien wie Wellen über uns hinweg und hinterließen ihre Spuren in unserem Zusammenleben.

Indem er seine Finger entlang unsichtbarer Gebilde bewegte, zeigte er mir, wie diese instabile Struktur mit zwei und drei Grundfesten aussah. Ich dachte, er würde über uns sprechen (und dass unser dritter Teil die Geschichten von unseren Familien waren, die wir einander erzählten), doch seine Theorie ging noch weiter. Er meinte, meine Mutter hätte mich als dritten Teil ihrer Beziehung mit meinem Vater rekrutiert.

Wir saßen auf unserem Bett, zugedeckt mit einer Paisley-Decke. Es war ein dunkler Raum, wie eine Höhle oder das Innere eines Kopfes.

»Es war wichtig für deine Mutter, dass du auf ihrer Seite warst«, sagte er. »Sie zog dich weg von ihm, weil du Mitleid hattest. Doch als du aufhörtest, das Spiel mitzuspielen …«

Er beugte sich zu mir herüber, um meine Hand zu nehmen.

Damals war mir nicht klar, welchen Schaden Wörter anrichten konnten. Auch nicht, was sie ausließen.

17.

Nachdem meine Mutter und ich von Moda in die neue Wohnung gezogen waren, begannen wir, mit der Stille zu spielen. Es fing an, als ich von meinen Großeltern aus Aldere zurückgekehrt war.

Ich hatte mir vorgestellt, wie wir beide nach meiner Rückkehr endlich allein wären und meine Mutter mir erklären würde, was mit uns geschehen war. Ich wartete jahrelang auf eine Erklärung, auch noch nachdem ich Regeln für unsere gemeinsame Stille aufgestellt hatte.

Wenn ich nach Hause kam, schloss ich die Tür vorsichtig auf. Innen zog ich langsam meine Schuhe aus, als würde ich einen Verband abnehmen, der noch an der Wunde klebt. Auf dem Pfad aus Teppichen ging ich in mein Zimmer und zog mich um. Anschließend machte ich entweder meine Hausaufgaben oder ich legte mich aufs Bett, um ein Buch zu lesen und den Geräuschen meiner Mutter zu lauschen.

Meine Mutter saß an ihrem Schreibtisch oder war in der Küche, um das Abendessen zu machen. Nachdem ich in meinem Zimmer angekommen war, hörte ich das Rauschen der Dusche und gab mir mehrere Punkte in meinem Spiel. Wenn ich keine Gefahr lief, von meiner Mutter gehört zu werden, packte ich meine Schultasche aus oder ging in die Küche, um etwas zu essen. Immer stand etwas auf dem Tisch für mich bereit – ein Teller mit geschältem und geschnittenem Obst oder ein Glas Milch mit Walnusskeksen.

Sobald sie fertig geduscht hatte, rief meine Mutter mich von ihrem Schlafzimmer aus und fragte mich, warum ich sie nicht begrüßt hatte.

»Komme sofort, Nejla«, rief ich zurück, um ihr noch etwas Zeit allein zu geben.

Samstags nach dem Frühstück holte meine Mutter sich ein Buch und las, ohne den Tisch abzuräumen. Dann war es für mich an der Zeit zu sagen, dass ich etwas aus meinem Zimmer bräuchte, und zu verschwinden. Der Trick war, sie sanft in unsere Routine gleiten zu lassen, ohne dass sie mir etwas sagen musste. Hätte sie etwas gesagt, hätte ich das Spiel verloren.

Soweit ich mich erinnere, habe ich nur ein- oder zweimal ganz plötzlich verloren, weil meine Mutter mich fragte, ob ich sie doch bitte in Ruhe lassen könne.

An guten Tagen, also an den Tagen, an denen ich mühelos meine Punkte sammelte, blieb das Geschirr nach dem Frühstück auf dem Tisch stehen, unberührt von mir oder meiner Mutter. Wenn sie mich in der Wohnung sah oder hörte, kam sie zu mir und redete mit mir oder fragte mich, ob ich hungrig sei. Sie fragte voller Höflichkeit, als müsse sie sich entschuldigen. Wenn das geschah, zog ich mir mehrere Punkte ab.

Ich sagte meiner Mutter, dass ich noch was in meinem Zimmer zu erledigen hätte. In unserem Spiel war ich diejenige, die ihre Ruhe brauchte.

»Ich hoffe, morgen bist du ein bisschen geselliger«, sagte meine Mutter. »Wir wollen doch unseren Spaziergang machen.«

Wenn meine Mutter mitspielte und so was sagte, wurde meine Punktzahl verdoppelt.

Wenn wir den ganzen Tag lang ohne zu reden in unseren jeweiligen Zimmern verbracht hatten, beschloss ich, dass ich gewonnen hatte und wartete auf meine Siegerehrung am Abend. Dann kam meine Mutter an meine Tür und sagte: »Nunu, Nunito, Nukotiniko.«

An solchen Tagen, an denen ich mit jeder Stunde mehr Punkte sammelte, errichtete ich meine Stadt aus Papier. Dafür benutzte ich einen Stapel mit Zeitungen meiner Mutter – die Cumhuriyet mit ihrer kleinen Schrift benutzte ich für Wände, die farbenfrohe Hürriyet mit ihren Sensationsartikeln über Hundertjährige und sprechende Tiere verwandelte sich in Telefonmasten, und die dicken schwarzen Buchstaben der Milliyet verwandelten sich in labyrinthartige Straßen. Die Wege in meiner Stadt waren verworren und führten im Kreis; es gab Innenhöfe und Sackgassen, die nur ich von meiner gottähnlichen Perspektive aus sehen konnte und die den Passanten unten in den Straßen verborgen blieben.

Meine Stadt ähnelte Istanbul lediglich darin, dass sie zwei mit Brücken verbundene Ufer hatte. Entlang der Promenade standen Bänke, auf die ich meine Papiermenschen setzte, damit sie die ihnen größtenteils unbekannte Stadt bewundern konnten. Manchmal taten sie mir leid, und ich gewährte ihnen Zugang zu einem Innenhof oder ließ sie durch die Irrgärten gleichenden Viertel spazieren. Oder sie durften entlang der Schienen laufen, die ins Nirgendwo führten.

Meine Lieblingsbürger waren jene unglücklichen Mischwesen aus Lehm und Zeitungspapier, die Arme und Beine verloren hatten und deren kleine Köpfe und verwischten Gesichter aus Zeitungspapier Mitleid in mir erregten. Für diese Einheimischen organisierte ich Sondertouren – für die ich roten Faden um ihre Taillen band –, auf denen sie auch vertikal laufen und die Schwerkraft überwinden konnten, während alle anderen auf dem Gehweg zurückbleiben und zusehen mussten. Dank meiner Hilfe konnten diese armen Seelen, die sich bei mir nie über ihr Schicksal beklagt hatten, Brücken und Telefonmasten entlangtrippeln und sich, nachdem sie die Spitzen erklommen hatten, jubelnd um sich selbst drehen.

Meine Stadt setzte sich aus den Schlagzeilen meiner Kindheit zusammen. Der Norden bestand aus den Namen von Armeegeneralen, der IRA, Bosnien, Jugoslawien, der PKK. Im Süden war der Bau meines Freizeitparks mit dem Bau eines Staudamms in Südostanatolien zusammengefallen. Aus den Wörtern, die mich verwirrten, die ein Eigenleben zu führen schienen – Inflation, Koalition, Verfassung –, rollte ich Rohre und Schornsteine. Ich führte oft Umbaumaßnahmen in der Stadt durch, gestaltete Innenhöfe neu und öffnete Sackgassen, fügte älteren Nachrichten tagesaktuelle hinzu.

Eines Nachmittags, als ich gerade den Grundstein für ein neues Viertel legte, entdeckte ich einen Artikel über eine Gruppe junger Mädchen aus einem Dorf im Osten, die Suizid begangen hatten. Zuerst hatte ich nicht die gesamte Überschrift gelesen, sondern nur das eine Wort, als hätte es sich vom Papier erhoben und mir ins Gesicht geschlagen. Ich war so erschrocken, dass ich die Seite umdrehte. Ich war diesem Wort zuvor noch nie in seiner schriftlichen Form begegnet, immer hatte es nur als kaum hörbares Flüstern über meinem Kopf geschwebt. Einmal hatte ich es in Aldere gehört und einmal, als die Tanten mit einer Nachbarin sprachen. So leise, dass ich mich fragte, ob ich richtig verstanden hatte.

Ich stand auf und schloss meine Zimmertür.

Die Zeitung schrieb, dass es – dieses Wort – der einzige Lichtblick im unterdrückten Leben dieser Mädchen gewesen sei. Ich verstand trotzdem nicht wirklich, was geschehen war. Ich verstand die Bedrohung nicht, die die Mädchen empfunden hatten und auch nicht, warum in dem Artikel stand, dass sie nun frei wären, als hätten sie einen Sieg errungen.

Ich faltete die Seite mehrmals zusammen und asphaltierte damit die schmale Straße, die vom geschäftigsten Viertel bis in die Ausläufer meiner Stadt führte. Dort hatte ich einen von Mauern umgrenzten Garten errichtet. Irgendwann beschloss ich, den Straßenbelag zu erneuern und legte eine eng beschriebene Cumhuriyet-Seite darüber.

In diesem Garten befand sich mein Haus. Die bunten Röhren aus Zeitungscoupons waren die Bäume, die ich von meinem Fenster aus sah. Im Winter behängte ich sie mit Baumwollfetzen.

Das Zeitungshaus, in dem ich mit meiner Mutter lebte, war breit und hatte eine niedrige Decke, wie das Haus meiner Großeltern in Aldere. Auch für die Tanten und meine Großeltern baute ich Häuser. Sie lebten alle nah beieinander, aber ein Stück von uns entfernt, damit meine Mutter sie nicht ständig sehen musste.

Außerdem gab es einen Weg, der zu einer Lücke in der Gartenmauer führte, und dahinter befand sich eine kleine Hütte.

An Nachmittagen, an denen ich genügend Punkte gesammelt hatte und mir sicher war, dass meine Mutter in ihre eigene Welt versunken war, erlaubte ich es einem meiner Lieblingspapiermenschen, die Hütte zu besuchen. Niemand außer uns beiden wusste, dass dort mein Vater weiterlebte.

18.

Nach der Lesung versammelten sich einige der Autoren und Leute aus dem Publikum im vorderen Teil des Ladens und diskutierten über die vier besten Restaurants in der Gegend.

»Wenn wir schon mal hier sind«, sagte der berühmte Autor, »sollten wir auch richtig ausgehen. Das mache ich selten.« Er wandte sich an die junge Frau, die neben ihm stand. »Ich gebe Ihnen einen guten Rat. Werden Sie niemals Autorin, wenn Sie ein interessantes Leben führen wollen.«

Er fragte M., ob er sie begleiten würde. M. sagte, er sei zu müde, wünschte ihnen aber einen schönen Abend.

»Sehen Sie? Genau das meinte ich«, sagte der berühmte Autor, und die Frau lachte.

Nachdem sie weg waren, blieb M. noch einige Minuten im Laden. Ich stöberte in einem Regal mit Gedichtbänden und hörte, wie er dem Inhaber des Ladens erzählte, dass er an einem neuen Buch arbeite. Es spiele wieder in der Türkei, aber diesmal in einer kleinen Stadt in der Nähe von Istanbul.

»Wir sollten eine Lesung ansetzen, bei der Sie Ihren Fortschritt präsentieren«, schlug der Inhaber vor.

»Nun«, sagte M. »Noch gibt es keinen Fortschritt. Bisher sammele ich nur Inspiration.«

Ich verließ nach ihm den Laden und lief erst ein paar Schritte hinter ihm. Dann holte ich auf und sagte ihm, dass mir die Lesung gefallen hätte, vor allem seine Passage über Istanbul.

»Meine Heimatstadt«, sagte ich. Das klang seltsam, als sei Istanbul ein weit entfernter Ort, an den ich nicht zurückkehren könne.

»Aber eine Sache haben Sie vergessen«, fügte ich hinzu. Ich sagte ihm, dass die Moda Caddesi im Gegensatz zu seiner Beschreibung in jener Szene nicht ununterbrochen bis runter zum Wasser führt. Dazwischen lag noch das Fischrestaurant.

»Das wollte ich für mich behalten«, sagte M. »Da bin ich Stammgast.« Dann fragte er: »Haben Sie dort jemals die in Weinblättern gegrillten Sardinen gegessen?«

Ich war überrascht, mit welcher Leichtigkeit M. sich auf diese Unterhaltung einließ. Ich fühlte mich an Passagen aus seinen Büchern erinnert, in denen er verschiedene Gerichte aufzählt. Wir sprachen eine Weile über die Speisekarte des Restaurants.

Als wir die Seine erreichten, fragte M., wo ich hinmüsse, und ich zeigte geradeaus, obwohl mein Zimmer in der entgegengesetzten Richtung lag.

»Tja«, sagte er. »Dann ist heute wohl mein Glückstag.«

Wir überquerten die Brücke auf die Insel, die bis auf ein paar Touristen vor einer Eisdiele leer war, und liefen dann über die Pont de la Tournelle ans andere Ufer. Wir hielten einen Moment inne, um Notre-Dame zu bewundern, deren Licht seltsam durch den Dunst schimmerte. M. fragte mich, was ich in Paris mache, und ich nannte ihm die Antwort, die ich vorbereitet hatte – dass ich hier sei, um zu schreiben.

»Eine İstanbullu, eine Kollegin und auch noch mit ähnlichen kulinarischen Vorlieben«, sagte M. »Jetzt sagen Sie nicht, dass Sie auch Katholikin sind.«

»Keine Sorge«, sagte ich. »Ich bin keine Doppelgängerin aus der Schattenwelt, die Jagd auf Sie machen will.«

M. lachte – laut und großzügig.

»Was für eine schöne Wendung dieser Abend doch genommen hat«, sagte er.

Wir liefen eine schmale Straße mit Kunstgalerien und einer kirchlichen Buchhandlung entlang. Hinter schmiedeeisernen Toren befanden sich Innenhöfe voller Pflanzen, Brunnen und Fahrräder. Das war die Stadt, die ich mir immer vorgestellt hatte, die, in die ich während meiner ersten Wochen einzutauchen versucht hatte.

Nachdem wir den Boulevard Saint-Germain überquert hatten, liefen wir weiter in Richtung Panthéon. Ich sah es zum ersten Mal und verbarg mein Staunen über seine Größe. Eine Gruppe Jugendliche saß dort und trank Wein, ihre Silhouetten von den mächtigen Säulen hinter ihnen verschluckt.

M. erzählte mir von einem seiner ehemaligen Nachbarn in Istanbul. Ihm habe ein Zeitungsstand gehört, und er hätte immer von seinem Buch aufgesehen und gewinkt, wenn M. vorbeigelaufen sei. Das sei eins der wichtigsten Rituale aus seiner Zeit in Istanbul gewesen.

Dieser Nachbar sei es auch gewesen, der ihm von dem Fischrestaurant in Moda erzählt habe. Die beiden seien sogar einmal zusammen dorthin gegangen, obwohl sie nie wirklich Freunde geworden waren.

»Er war ein Einzelgänger«, sagte M. »Aber vielleicht lag es auch an etwas anderem.« Er fügte hinzu, dass er zwar immer gerne mehr über ihn erfahren hätte, sein Türkisch aber zu rudimentär für eine tiefergehende Freundschaft sei und der Nachbar kein Englisch gesprochen hätte.

Er erzählte mir, dass er vor Kurzem vom Tod dieses Nachbarn erfahren hätte.

»Wissen Sie«, sagte er, »es ist gut, das mit jemandem aus Istanbul zu teilen. Ich weiß nicht, ob sein Tod jemand anderem etwas bedeutet hätte. Daran dachte ich während der Lesung, als ich nach der mystischen Stadt gefragt wurde. Verstehen Sie, was ich meine?«, fuhr er fort. »Natürlich war es eine alberne Frage. Aber wenn ich geantwortet hätte, hätte ich gesagt, dass man über diese Art von Menschen in die mystische Stadt gelangt. Und ihr Tod sagt etwas über den Ort aus, zeigt einem, dass die Stadt nicht unveränderlich ist.«

Einen Moment lang dachte ich, wir würden über meine Mutter sprechen. Während meiner Freundschaft mit M. hatte ich oft das Gefühl, dass er mir Dinge über Umwege mitteilte, als würde er mir sagen wollen, dass er etwas wusste. Ich weiß nicht, was er wusste, nur dass sein stechender Blick mich unruhig machte. Es kann natürlich auch sein, dass sich über die Zeit zusätzliche Bedeutung in meine Erinnerungen eingeschlichen hat.

Wir liefen einmal um den Platz herum und kehrten zu den Säulen zurück.

»Aber ich drehe mich immer nur im Kreis«, sagte er. »Manchmal ist es nicht ratsam, mir zu folgen.«

Unsere Unterhaltung verlief zaghaft und enthusiastisch, jedoch ohne Überschwang. Und es gab einen Moment, nachdem wir den Fluss überquert hatten – oder vielleicht auch schon vorher, als wir auf der Brücke gestanden und zur Kathedrale hinübergesehen hatten –, in dem alles geklärt war: M. fragte nicht noch einmal, wo ich hinmüsse, und ich entschuldigte mich, im Gegensatz zu meinem ursprünglichen Plan, nicht dafür, seine Zeit in Anspruch zu nehmen.

Als wir nach dem Panthéon zurück in Richtung des Flusses gingen, blieben wir vor einem Café stehen. Ich weiß nicht mehr, wer von uns den Vorschlag machte, dass wir noch etwas trinken sollten. Aber auch das geschah ohne große Umschweife. Wir setzten uns an einen Tisch auf der Terrasse. Als die Kellnerin mit der Karte kam, winkte M. ab. Er bestellte einfach zwei Gläser Wein, ohne mich zu fragen, als wolle er unser Gespräch nicht unterbrechen.

Nachdem wir unseren Wein ausgetrunken hatten, blieben wir noch eine Weile sitzen. Dann fragte ich M., ob er noch ein weiteres Glas mit mir trinken würde.

»Ich hatte gehofft, dass Sie das fragen würden«, sagte er.

Es gab viele Dinge, die er während unserer Freundschaft sagte, die mich glücklich machten. Auch wenn ich mich nicht mehr an alle erinnere.

19.

Als ich von der Krankheit meiner Mutter erfuhr und nach Istanbul zurückkehrte, erhielt ich eine E-Mail von Luke. Er wünsche mir viel Kraft für die kommenden Monate. Er bewundere es, dass ich trotz allem zu ihr zurückgekommen war.

»Du bist so selbstlos«, schrieb er.

Er fügte hinzu, dass ich mich gut um mich kümmern solle.

»Du darfst nicht immer nur an andere denken, Buddyback. Du musst auch gut zu dir selbst sein.«

»Luke«, schrieb ich zurück. »Ich glaube, du kapierst nicht, was hier los ist.«

Ich wusste, dass ich ihn nicht wiedersehen würde. Vielleicht war mir das schon lange klar gewesen, schon als wir noch zusammengewohnt hatten. Dass ich mir nur die Zeit vertrieb bis zu dem Moment, da sich mein Leben durch den bevorstehenden Tod meiner Mutter verändern würde. Dass ich dann alles andere zurückstellen würde.

Luke antwortete mir einige Wochen später. Zu dem Zeitpunkt muss ihm klar gewesen sein, dass ich nicht zurückkommen würde. Er war sicher wütend.

Er sagte, er könne verstehen, warum ich mich vor ihm versteckte – denn nur er kenne die volle Wahrheit.

Und die Wahrheit, schrieb er weiter, sei, dass ich mich erneut den Wünschen meiner Mutter gebeugt habe und mein Leben von ihr bestimmen ließ. Es war, als würde er andeuten wollen, dass meine Mutter mich mit ihrer Krankheit zurück zu ihr gelockt hätte.

Er schrieb, dass er mir immer nur bei der Heilung meiner Wunden hätte helfen wollen. Aber das könne er nicht, wenn ich einer Konfrontation mit meiner Mutter weiterhin aus dem Weg ging.

»Du darfst dich nicht von ihr erdrücken lassen«, schrieb er. »Dein ganzes Leben lang hat sie dir Schuldgefühle eingeredet. Weil sie mit ihrer eigenen Schuld nicht klargekommen ist. Sie hat sich nie der Verantwortung gegenüber deinem Vater gestellt. Sie hat einen hilflosen Mann an den Rand der Verzweiflung getrieben. Und jetzt will sie, dass du ihr sagst, dass alles gut ist.« Das war das Letzte, was ich von ihm hörte.

Er hatte damit geendet, dass alle mit ihren eigenen Fehlern leben und sterben müssten.

20.

Im Fisch- oder im Blumenladen listete meine Mutter alles auf, was sie sah. Nicht um mir etwas beizubringen – es war ihre Art, die Dinge zu ehren. »Rotbarbe, Sardine, Barsch«, sagte sie. »Tulpe, Hyazinthe, Windröschen.« Einige Blumen hatten umgangssprachliche Namen. Es gab eine Kleesorte, die man in Aldere, wo meine Mutter aufgewachsen war, Damenknopf nannte.

In solchen Momenten fiel es mir schwer, mir meine Mutter mit schlechter Laune vorzustellen. Die Welt war farbenfroh, alles war an seinem Platz. Es schien, dass meine Mutter die Namen von allen Dingen auf der Welt kannte, ganz anders als an den Tagen, an denen sie still war und die Stunden ineinanderflossen. Dann lebten wir inmitten einer dunklen Wolke.

Doch wenn meine Mutter anfing, ihre Namenslisten zu machen, lichtete sich der Himmel, und ich sammelte Punkte in meinem Spiel.

Manchmal sagte sie eins ihrer komischen Wörter, und ich fragte mich, ob sie an zwei Orten gleichzeitig lebte. Gerade muss ich an das Wort *kukuleta* denken, das für mich beim ersten Hören nach dem Ruf eines Vogels klang. Ich lag krank im Bett, und meine Mutter zeigte mir Fotos aus ihrer Kindheit in Aldere. Sie deutete auf ein Bild, auf dem sie eine Zipfelmütze trug und inmitten einer Gruppe Männer stand, die von der Jagd zurückgekommen waren.

»Sieh nur, ich und meine *kukuleta*«, sagte sie und lachte. Aber es war eine Art privates Lachen, nur für sie selbst. In diesen Momenten konnte ich die strahlenden Reste eines Menschen sehen, den ich nie kennengelernt hatte.

21.

Nach unseren Gläsern Wein auf dem Boulevard Saint-Michel liefen M. und ich zurück zum Fluss und nahmen diesmal die Pont Neuf. Dann spazierten wir bis zum Gare du Nord. Ich verabschiedete mich einige Straßen von meiner Wohnung entfernt von ihm. Ich wollte nicht, dass er sah, wo ich wohnte, den Eingang, an dem nach Sonnenuntergang Frauen auf Kundschaft warteten.

»Wirklich ein schöner Abend«, sagte M., und ich fragte mich, ob ich ihn umarmen oder auf die Wangen küssen sollte. Doch er nahm einfach eine Hand aus seiner Manteltasche und erhob sie für einen Moment in die Luft, bevor er sie wieder einsteckte und davonging.

Am nächsten Morgen erhielt ich eine E-Mail von ihm, in der er schrieb, dass wir eine der Spezialitäten des Fischrestaurants in Moda vergessen hätten: geräucherten Bonito mit sonnengetrockneten Tomaten. Doch noch wichtiger sei, fügte er hinzu, dass er hoffte, dass ich sein Leben weiterhin mit meinen Geschichten bereichern würde. Diese Formulierung habe ich bis heute nicht vergessen.

Ich sah ihn mehrere Wochen lang nicht. Währenddessen entwickelten wir einen regen E-Mail-Verkehr. »Was für eine Bereicherung meines Alltags«, kommentierte er. Auch das ergab sich wie unser erster Spaziergang ohne jegliche Formalität, Entschuldigung oder falschen Vorwand.

Nach der ersten E-Mail begann M. immer mitten im Satz: »Hören Sie sich das an«, schrieb er. Oder »Da liegen Sie falsch«. Er schrieb, als würde er mir gegenübersitzen und als würden wir das Gespräch unseres ersten Abends ohne Unterbrechung fortsetzen. Dies war der Mensch, den ich am besten kannte. Diese Stimme, die über die Stadt hinweg mit mir sprach, als würde ihr Besitzer mir direkt in die Augen sehen.

Doch als ich ihn erneut traf, kannte ich M. nur unwesentlich besser als bei unserem ersten Spaziergang. Anstatt weiter voranzuschreiten, schienen wir uns am Anfang festzuklammern.

M. hatte die Eigenart, praktischen Fragen auszuweichen. Er schrieb Dinge wie: »Ohne diese ganzen täglichen Aufgaben könnte ich meinem neuen Buch, meinem thrakischen Projekt, mehr Aufmerksamkeit widmen. Es spielt ganz in der Nähe des Heimatorts Ihrer Mutter, den

Sie immer so poetisch beschreiben.« Aber nie erklärte er, was diese »täglichen Aufgaben« eigentlich waren. Stattdessen schrieb er, wie froh er sei, nun wenigstens mich als Expertin für die Landschaften Thrakiens zu haben.

Einmal beschrieb er Paris als »traurige und tröstliche Stadt«, und ich fragte nicht nach, wieso er das so empfand. Ich hatte das Gefühl, dass solche Fragen die Regeln unserer Freundschaft brechen würden. Deshalb bezog ich mich auch nie auf irgendetwas außerhalb unserer Freundschaft – beispielsweise die Dinge, die ich schon über ihn wusste – und M. ebenso wenig. Ich erwähnte auch nicht, dass ich seine Bücher gelesen hatte.

Wie gesagt entwickelten sich für mich die Regeln unserer Freundschaft, ohne dass wir über sie hätten sprechen müssen. Inzwischen ist mir klar, dass sie eine unbestreitbare Ähnlichkeit zu den Regeln hatten, die ich hätte aufstellen wollen. In meiner Kindheit und auch später träumte ich oft davon, eine Freundschaft zu haben, in der ich mich endlos über seltsame Dinge meiner Wahl austauschen konnte, ohne Angst haben zu müssen, unangenehme Themen anzuschneiden.

Damals dachte ich, dass dieses *Bereichern* ein Konzept aus M.s Leben sei, aber jetzt glaube ich, dass er vielleicht etwas in Worte fasste, das er an mir beobachtete.

22.

Während ihrer Kindheit ging meine Mutter oft mit Akif Amca – Onkel Akif –, der direkt nebenan wohnte, im Wald spazieren. Diese Geschichte erzählte sie am häufigsten, und sie begann immer auf dieselbe Weise:

»Eigentlich bin ich im Wald aufgewachsen, auf Spaziergängen mit Akif Amca.«

Dieses Bild sollte ich von ihr haben, und sie bestand auf dieser Einleitung, als wären zwar die Jahre vergangen und als wäre sie im Laufe der Zeit älter und größer geworden, aber als hätte sie den Wald niemals verlassen. An den besten, den allerbesten Tagen, wenn ich mein Spiel vor lauter Punkten vergaß, kam meine Mutter in mein Zimmer und hatte keinen Grund, unseren Tag durchzugehen und sich an ihn zu erinnern. Stattdessen erzählte sie mir von Aldere. Und wenn Erinnerungen und Geschichten mit der Zeit von einem Menschen auf einen anderen übertragen werden können, dann ist das hier auch die Geschichte meiner Kindheit.

Damals brachte eine Zuckerfabrik Leben nach Aldere, besonders in den Monaten, in denen Lastwagen voller Rüben aus der ganzen Region in den Ort rollten. Wenn sie auf die kurvige Straße am Ortsrand einbogen, hörte man sie im gelben Haus meiner Großeltern geräuschvoll den Gang wechseln.

Meine Mutter war eins der ersten Kinder aus dem Ort, die den Lastwagen bis zum Fabriktor folgten und die herunterfallenden Rüben aufsammelten. Einige Kinder verkauften ihre spärliche Ausbeute für ein paar Kuruş an die Fabrik – genug für eine Kugel Eis oder, wenn einer der Lastwagen die Kurve zu schnell genommen hatte und viele Rüben in den Straßengraben gepurzelt waren, für einen Fächer oder ein Kartenspiel aus dem Laden meines Großvaters. Einige Kinder nahmen die Rüben mit nach Hause, um sie über den Kohlen zu garen. Meine Mutter schleppte ihre in Akif Amcas Garten und platzierte sie vorsichtig auf den Öffnungen von Glasflaschen. Akif Amca holte dann ein Gewehr aus dem Holzschuppen und nickte wohlwollend, während sie eine Rübe nach der anderen herunterschoss.

In diesen trubeligen Monaten hing die Luft voll Sirupgeruch, und die Fabrik veranstaltete Konzerte, Spielabende und Mittagessen für die betuchteren Familien von Aldere. Aber der Höhepunkt der Saison war der

Zuckerball. Dann gerieten alle Frauen in Aufruhr und trennten alte Taftkleider auf, um nach dem Vorbild von Nähkatalogen und der Mode der Istanbuler Oberschicht neue Modelle zu nähen. Einladungen zu diesen Veranstaltungen – meine Mutter und ich fanden während unseres letzten Besuchs in Aldere eine, die noch in ihrem handbeschriebenen Umschlag steckte – baten höflich darum, Kinder zu Hause zu lassen. Meine Mutter verbrachte solche Abende bei Akif Amca, auch wenn meine Großmutter ihn sonst für schlechten Umgang hielt.

Akif Amca war etwa zum Zeitpunkt der Geburt meiner Mutter nach Aldere gezogen, um als Führungskraft in der Fabrik zu arbeiten. Er nahm nie an den Veranstaltungen teil und wurde nach einigen Jahren auch nicht mehr zu ihnen eingeladen. Die Menschen in Aldere fanden ihn aufgrund seines fremdartigen Auftretens ohnehin seltsam. Manchmal saß er in seinem Garten und erzählte seinem Besuch oder zufälligen Passanten haarsträubende Geschichten, seine Stimme mit jedem Glas Raki lauter werdend. Die Nachbarn lächelten höflich, wenn er von den Orten sprach, die er wie seine Westentasche zu kennen behauptete – Rom, London, Madrid, Paris. Manchmal riefen ältere Jungen auf ihrem Weg von der Schule in einem gespielt betrunkenen Singsang »Ein Spaziergang auf der *Schompseliseee*!«, wenn sie an seinem überwucherten Garten vorbeikamen.

Noch mehr Misstrauen erregte Akif Amcas Haus, das

mit seinen Unmengen an Büchern und losen Blättern so anders war als die ordentlichen Haushalte der Elite Alderes, die vor Kristallwaren und Porzellan aus europäischen Manufakturen wie Limoges, Prag und Meißen strotzten. Diese Orte waren nicht federleicht wie die, die in Akif Amcas Geschichten vorkamen, sondern fest auf Zuckerdosen, Kaffeetabletts und daumengroße, Milcheimer tragende Dorfmädchen aufgeprägt. Sie verliehen den Haushalten eine unbestreitbar europäische Atmosphäre, die respektiert werden wollte.

Meine Mutter begann ihre Erzählungen von den Spaziergängen mit dem Geräusch, das erklang, wenn ihre Eltern durch das schmiedeeiserne Tor mit Rosendekor verschwanden. Meine Mutter hüpfte über die Mauer in Akif Amcas Garten und wartete, bis er seinen Spazierstock aus dem Schuppen geholt hatte. Badem, der English Setter, wartete immer schon am Tor, und zu dritt machten sie sich im goldenen Licht der Abenddämmerung auf in den Wald.

Anstelle des Hauptwegs folgten sie dem Bach und überquerten die Steinbrücke, auf der der Legende nach bei Sonnenuntergang einst ein Reisender gestanden, das mit leuchtenden Farben besprenkelte Wasser gesehen und Aldere seinen poetischen Namen »Purpurfluss« gegeben hatte. (Ich kannte all die Orte entlang dieses Wegs und hielt in den Geschichten meiner Mutter nach ihnen Ausschau.)

Bei den Sonnenblumenfeldern blieb Akif Amca stehen, schnitt mit seinem Taschenmesser eine Blume ab, und zusammen pickten sie die Kerne aus dem großen schwarzen Blütenstand. Immer bot meine Mutter Badem welche an, doch der Hund schnüffelte nur höflich daran und trabte dann weiter.

Sobald sie im Wald waren, fing Akif Amca mit seiner Liste an. Kastanie, Linde, Buche. Mohn, Zimt-Rose, Löwenzahn. Mit dieser Inventur des Waldes – oder, im Falle meiner Mutter, ihrer ganzen Welt – entsprangen Formen aus der Spitze von Akif Amcas Spazierstock. Stiele waren dick oder dünn, unkrautartig, milchig, hohl. Rinde war glatt, rau oder bemoost. Blätter waren rund, Blätter waren spitz. Sie schwebten oder raschelten, fielen trudelnd zu Boden.

Ich verbrachte während meiner Kindheit jeden Sommer im Haus meiner Großeltern in Aldere. Nachmittags lag ich unter dem Maulbeerbaum und sah hinüber zu dem Haus aus Stein. Eine niedrige Mauer trennte den Rosengarten meiner Großmutter von einem Urwald aus Unkraut und Glasflaschen.

Ich war nur einmal in Akif Amcas Haus gewesen, an einem heißen Nachmittag, an dem meine Mutter kam, um mich zurück nach Istanbul zu holen. Ich erinnere mich noch an den Geruch nach alter Haut und Kölnisch Wasser und an die Augen, die mich vom Sofa aus beobachteten.

Meine Mutter hatte mir gesagt, ich solle die Hand des alten Mannes küssen und ihm eine Schachtel mit kandierten Maronen überreichen. Er bestand darauf, dass wir zum Mittagessen blieben, und trotz meines stillen Flehens nahm meine Mutter die Einladung an. Nach dem Essen verschwand er im Schlafzimmer und kam kurz darauf mit einer Kiste zurück. Zu meiner Enttäuschung lagen darin lediglich ein rostiges Taschenmesser, ein Spazierstock und ein paar Fotografien.

Als wir gingen, sagte der alte Mann, dass ich die Augen meiner Mutter hätte.

Ich war es gewohnt, gesagt zu bekommen, dass ich die Augen meines Vaters hätte. Meine Verwandten sagten es entweder mitleidig oder ängstlich, als stünde ihnen ein Geist gegenüber.

»Sieh sich einer diese Augen an«, sagten sie. »Genau wie die von ihrem Vater.«

Aber Akif Amca sprach mit einer solchen Autorität, dass ich wütend wurde. Es war, als würde er mir etwas wegnehmen, das mir gehörte – meine Verbindung zu meinem Vater.

»Du hast die Augen deiner Mutter«, sagte er. »Ob du auch genauso stur bist?«

Während meiner Kindheit war die Zeit der Zuckerbälle und Taftkleider in Aldere längst vorüber. Der sittsame Anschein europäischer Zivilisation war wie ein Nebelstreif verflogen. Später, als die Fabrik und die Häuser endgültig verlassen worden waren, sah ich mir Schwarz-Weiß-Aufnahmen aus der goldenen Zeit Alderes an. In ihren unscharfen Hintergründen entdeckte ich Spuren der verschollenen Stadt meiner Kindheit: Glastische, bescheidene Pelzmäntel, Hüte und Spazierstöcke, das Tor aus Schmiedeeisen und die kurvige Straße, die vorbei an den drückenden Sommernachmittagen meiner Kindheit in eine andere Stadt führte, in der es einen Bach gab, der bei Sonnenuntergang purpurn funkelte.

23.

In den ersten Wochen unserer Freundschaft schrieb ich M. oft und mit Begeisterung. Ich unternahm viele Spaziergänge durch die Stadt, um aufzuholen, was ich bei meiner Ankunft nicht gesehen hatte. Zurück in meinem Zimmer hatte ich dann eine Liste mit Sachen, die ich ihm erzählen wollte. Mein Leben verlief nur ein paar Wochen lang so, aber für mich war diese Zeit eine eigene Ära.

Genauso, wie M. über die Gerichte im Fischrestaurant in Moda gesprochen hatte, schrieb er mir von kleinsten Details, als ob sie den meisten Platz in seinem Kopf einnehmen würden.

Wir sprachen lange über Vogelnester, ihren wundersam kompakten Aufbau und die Enttäuschung, wenn man sie als Zweigreste im Matsch liegen sah. M. erzählte mir von der Vogeleiersammlung, die er als Kind gehabt hatte und listete, beginnend beim hellsten, die einzelnen Farbtöne auf: »Nasser Sand, Kirschrinde, Abendblau«, schrieb er, und ich staunte über seine Präzision. Ich fühlte mich geehrt, eine solche Liste zu erhalten, als wäre sie ein Gedicht. Im Gegenzug erzählte ich ihm von den Fotos, die meine Mutter vom Hauseingang in Aldere gemacht hatte. Das Licht war immer anders, aber auf jedem Bild lehnte der Besen an der Wand. Ich beschrieb all die verschiedenen Tageszeiten dort, und in meinen Erzählungen wurde der Ort noch mystischer als das Aldere meiner Mutter: neblig-kalte Morgenstunden, helle Nachmittage, rauchige Dämmerungen. So bewegten wir uns von einem Thema zum nächsten, einer ganz eigenen Logik folgend, ohne jegliche Verbindung zu einer einschränkenden Rationalität.

Im Hof von M.s Wohnhaus standen Judasbäume, und er erstattete mir Bericht über ihre kahlen Äste und die ersten Knospen. Einmal schrieb er, dass Judasbäume ihn immer an Istanbul erinnern würden.

Ich erzählte ihm, dass meine Mutter diese Bäume geliebt und immer einmal im Jahr mit mir im Adile-Sultan-Palast zu Mittag gegessen habe, um sie zu sehen.

Ich hatte ihm vom Tod meiner Mutter geschrieben, er hatte diese Information kommentarlos aufgenommen, und das hatte ich wiederum als Behutsamkeit aufgefasst. Wie gesagt schien es mir, dass er gewisse Dinge schon wusste, und ich war froh, dass ich nichts erklären musste. Aber ich hatte auch Angst davor, ihm in Momenten der Unachtsamkeit Dinge von mir preiszugeben.

»Und was gab es bei diesen Mittagessen im Adile-Sultan-Palast zu essen?«, schrieb M. zurück. Ich erinnere mich noch genau an seine Ungeduld, seine Gier nach solchen Details.

Ich schrieb, wir hätten pürierte Bohnen, Artischocken, weißen Spargel aus İzmir und gegrilltes Lamm mit Thymian gegessen.

Und dann hätte es ja auch noch unsere sonntäglichen Mittagessen im Fischrestaurant gegeben, schrieb ich. Die seien eine Geschichte für sich.

24.

Nachdem wir in die neue Wohnung gezogen waren, spazierten meine Mutter und ich immer sonntags am Wasser entlang nach Yeniköy, um bei Aleko's Fisch zu essen. Ich weiß nicht mehr, wie wir zu dieser Tradition gekommen waren, aber wahrscheinlich war sie aus einer Belohnung für eine lange Stille heraus entstanden – an einem Tag, an dem ich viele Punkte in meinem Spiel gesammelt hatte und an dessen Ende meine Mutter an meine Tür getreten war, als sei nichts gewesen.

»Nunito? Was machst du denn hier so ganz allein?«

Nachdem ich diese finalen Punkte erhalten hatte, schaute ich ganz beiläufig von meiner Zeitungsstadt auf und zuckte mit den Schultern.

»Denk dran, dass wir morgen spazieren gehen wollen«, sagte sie. In unserer stillschweigend getroffenen Abmachung war ich diejenige, die Dinge vergaß und Ruhe brauchte.

Sobald wir die mehrere Kilometer lange Promenade erreichten, zog meine Mutter das Tempo an, als wolle sie in den Bosporus hineinrennen. Sie hielt meine Hand, und ich fühlte mich, als würden wir uns ein Augenpaar teilen, dieselben schönen Dinge sehen und uns auf dieselben noch kommenden Wegpunkte freuen: die drei alten Häuser an dem Kanal in Arnavutköy, die drei alten weisen Frauen glichen; die Reihen von Fischern mit ihren Eimern voll zappelnder Fische in Bebek; die Rumelı Hisarı, die von ihrem Hügel auf uns hinabsah. Jedes Mal, wenn wir uns der Festung näherten, fragte mich meine Mutter, wer sie erbaut hatte, und ich antwortete wie aus der Pistole geschossen: »Mehmed II., 1452!«

Zu Beginn eines jeden Viertels verkündete ich wie ein Tourguide, was vor uns lag: »Soeben erreichen wir Emirgan. Nächster Halt: İstinye!« Manchmal listete ich die am Bosporus gelegenen Viertel wie einen Kinderreim schnell hintereinander auf und erfreute mich an ihren Namen: »Ortaköy, Kuruçeşme, Arnavutköy, Bebek, Rumelı Hisarı, Baltalimanı, Emirgan, İstinye, Yeniköy, Tarabya, Kireçburnu, Büyükdere, Sarıyer.« (Während ich in Paris lebte, sagte ich in Gedanken mit ähnlicher Freude die Haltestellen der Metrolinie 4 auf: Saint-Placide, Saint-Sulpice, Saint-Germain-des-Prés, Odéon, Saint-Michel.)

Manchmal fragte meine Mutter: »Nunito, kannst du sie auch rückwärts aufsagen?«, und ich wurde ganz aufgeregt. (Ich bekam immer ein paar Zusatzpunkte, wenn sie mir diese Aufgabe gab.) Ich begann langsam und stellte mir die Viertel vor meinem inneren Auge vor. Ich ging rückwärts von den Hügeln Sarıyers zu den Villen von Büyükdere und zu der steilen und engen Straße in Kireçburnu, die von der Promenade abbog und mich wegen der zugewachsenen Gartentore dort an Aldere erinnerte. Wenn wir diese Straße passierten, kam in mir das seltsame Gefühl auf, dass ich, wenn ich ihr folgen würde, meine Großeltern in ihrem Garten beim Polieren von Gewehren oder beim Kehren des Aufgangs antreffen würde.

Ab und an setzten wir uns auf eine Bank vor dem Staatlichen Krankenhaus in İstinye und lauschten den Hammergeräuschen, die von der Werft zu uns hinüberdrangen. Diese kleine Bucht mit ihrem blaugrünen Wasser, ihrem Bauholz, ihren Seilen und Kränen war für mich der Inbegriff Istanbuls arroganter Schönheit. Ich dachte, wenn die Stadt es sich leisten konnte, eine solche Bucht an eine chaotische Werft zu verschwenden, musste sie noch zahlreiche andere Schönheiten zu bieten haben. In solchen Momenten teilte sich Istanbul für mich in die Stadt, die ich sehen konnte und die Stadt, die für andere Menschen reserviert war.

Als wir in Yeniköy ankamen, ging meine Mutter mit gesenktem Kopf am Restaurant İskele und dem jungen Yaşar vorbei, der an der Tür wartete. Wir hatten aufgehört, dorthin zu gehen, nachdem man uns zwei Wochen in Folge schlechten Fisch serviert hatte, aber meine Mutter hatte noch immer ein schlechtes Gewissen, wann immer wir an den Kellnern vorbeiliefen. Sie kannte sie mit Namen. Wir eilten die baumgesäumte Straße hinab in Richtung unseres Ziels. Auf dem letzten Stück unseres Wegs erlaubte ich mir, mich zu beschweren.

»Nejla!«, sagte ich, ließ mich ziehen und jammerte, dass ich müde sei, nur um das Lob meiner Mutter zu ernten. Es war zehn Punkte wert, und damit gewann ich, auch wenn es noch früh am Tag war. Es gab nicht viele andere Gelegenheiten, zu denen das passierte.

»Nunito«, sagte meine Mutter. »Du bist heute wie eine echte Entdeckerin gelaufen.«

Obwohl ich noch sehr jung war – vielleicht zehn oder elf –, als wir das Restaurant İskele gegen das Aleko's tauschten, blieb es für mich immer das »neue« Restaurant, und ich konnte mich nie für den kriecherischen Besitzer, Selim Bey, erwärmen, der mich Prinzessin nannte und mir seine schwitzige Hand anbot, um mir die eine Stufe am Eingang hochzuhelfen. Er führte uns den Gang mit den gläsernen Kühlschränken entlang, in denen die grinsenden Köpfe des Tagesfangs lagen, und die Treppe hinauf auf die Terrasse, wo wir an einem schwarzen Tisch mit Meerblick Platz nahmen.

Meine Mutter fragte Selim Bey, was er uns empfehlen würde, manövrierte sich geschickt durch seine

Vorschläge und bat ihn letzten Endes, uns einfach das zu bringen, was am frischesten war.

Selim Bey antwortete jedes Mal, dass bei ihm alles frisch sei und fügte mit einem Schmollmund hinzu, dass er es nie wagen würde, uns etwas Anderweitiges aufzutischen. Dann schlug er ein einfaches Gericht mit gegrilltem Blaubarsch, einer frittierten Beilage und geschmorter Rotbarbe vor.

»Haben Blaubarsche denn gerade Saison?«, gab meine Mutter zu bedenken. »Ist Rotbarbe nicht etwas zu trocken?«

Mein Lieblingsgericht war frittierter Istavrit. Wir aßen es nur ein- oder zweimal zu Herbstanfang. Ich verband diese kurze Zeit des Jahres mit den winzigen, schimmernden Körpern der Fische, die in meiner Vorstellung sogar aus äußerst gekonnt ausgeworfenen Netzen entwischten. Bei diesen langersehnten Mittagessen mit Istavrit bat meine Mutter Selim Bey, die Vorspeisen zu überspringen und ausschließlich Fisch zu bringen.

Sonst begannen wir unsere Mahlzeiten mit einer Auswahl von bunten Platten voller Essen. Meine Mutter zeigte auf den Auberginensalat und die weißen Bohnen und entschied sich für den Feta (»Kaufen Sie Ihren Käse immer noch bei Kardeşler?«). Manchmal nahm sie auch schweren Herzens den Melonenteller, obwohl sie nicht müde wurde zu sagen, dass die Melonen nicht mehr so schmeckten wie früher.

Sobald unser Essen kam, stellte meine Mutter mir die erste Frage. Sie testete, ob ich mich an all die verschiedenen Namen für Blaubarsche erinnerte, vom kleinsten bis zum größten (Çinekop, Sarıkanat, Lüfer …), oder fragte mich, wieso es während der Blaubarschsaison keinen Bonito im Bosporus gab. Ich musste an die grinsenden Mäuler in den Glaskühlschränken denken und antwortete, dass die sägeblattartigen Gebisse der Blaubarsche die Bonitos in Stücke reißen würden.

Nach dem Essen trank meine Mutter Kaffee und rauchte. Wir schwiegen und lauschten der Brandung unter uns und den Nebelhornrufen der Fähren, die vorbei an Yeniköy in die Bosporusbucht hineinfuhren, wo sich Meerenge in Meer verwandelte und der Fisch für unsere geliebten sonntäglichen Mittagessen gefangen wurde.

An manchen Nachmittagen, wenn auf der Terrasse auch eine Gruppe Männer saß, trank meine Mutter keinen Kaffee, sondern bat sofort um die Rechnung (Selim Bey brachte sie immer mit einer tiefen Verbeugung und fächelte uns mit nassen Handtüchern Luft zu). Ein- oder zweimal hatten diese Männer meiner Mutter zugeprostet und uns sogar einen Obstteller bringen lassen, den meine Mutter mit einem eiligen Lächeln abgelehnt hatte. An solchen Tagen fanden unsere Mittagessen ein abruptes Ende. Obwohl ich dazu durchaus selbst in der Lage gewesen wäre, zog meine Mutter mir dann meinen Mantel an und bestand darauf, den Reißverschluss bis ganz oben zuzuziehen. Sie zerrte an den Ärmeln, als würde sie ein Paket zuschnüren wollen.

Anschließend standen wir am Wasser und überlegten, was wir als Nächstes tun sollten. Meine Mutter sagte, dass es noch früh sei, und ich schlug vor, ihre Tanten besuchen zu gehen, obwohl ich das gar nicht wollte. Ich hatte nichts dagegen, sie zu besuchen – ich fand es sogar schön –, aber meine Mutter war in ihrer Gegenwart nicht sie selbst, und außerdem hätte das das Ende unseres gemeinsamen Tages bedeutet. Manchmal bot sie mir als Entschädigung für die frühe Rückkehr nach Hause eine Geschichte an.

»Habe ich dir schon mal von Akif Amcas Reise nach Paris erzählt?«

Aber auch wenn wir nicht direkt den Rückweg antraten, war mir klar, dass unser Ausflug irgendwann enden würde und wir in unser normales Leben zurückkehren mussten, wo sich die Punkte nur schleppend summierten.

25.

Eine weitere Sache, die ich M. während dieser von irdischer Logik befreiten Wochen erzählte, war, dass ich ein Buch über Akif Amca schreiben würde. Ich war überrascht, wie leicht mir das Konzept des Romans zuflog. Ich sagte, ich wolle seinem Lebensweg von Istanbul über Paris nach Aldere folgen und dafür auch Gedichte und Fragmente aus seinen Tagebüchern verwenden.

Es stimmt, dass Akif Amca in seiner Jugend einige Gedichte in ein Notizbuch geschrieben hatte. Meine Mutter fand das Buch, als wir zum letzten Mal nach Aldere fuhren, um das Haus meiner Großeltern auszuräumen. Es lag zusammen mit Fotos, Einladungskarten und einem Telefonbuch in einer Kiste. In Istanbul erhielt Akif Amcas Notizbuch dann einen Platz auf dem Nachttisch meiner Mutter, aber ich erinnere mich nicht daran, dass sie jemals darin gelesen hätte. Ich hatte es mit nach Paris genommen; nicht, weil ich hoffte, irgendetwas in seinen Seiten zu finden – so etwas passiert nur in Romanen –, sondern weil ich ein Stück der Welt meiner Mutter bei mir haben wollte.

»Was für ein Glück, dass wir uns genau jetzt getroffen haben, während wir beide an thrakischen Projekten arbeiten«, schrieb M. Er war weder misstrauisch noch abfällig, und ich war überrascht, dass er unser Treffen für einen glücklichen Zufall hielt.

Er bat mich, ihm mehr über meine Geschichte zu erzählen, wenn es mir nichts ausmache.

»Ich weiß, wie zerbrechlich Ideen sein können. Manchmal braucht es nur einen falschen Schritt, und die Landschaft, der man sich über lange Zeit vorsichtig genähert hat, versinkt in Dunkelheit.«

Ich war dankbar, dass er mich so bereitwillig in die Sphäre der Schreibenden und in die mir größtenteils unbekannte Sorgenwelt des Berufs aufnahm.

Ich erzählte M., dass mein Buch – genau wie seins – die Rekonstruktion einer verschwundenen Welt sei. Das war auch mir neu, aber es war keine Lüge. Gern hätte ich gesagt, dass ich das Buch mit M. als meinem Leser wirklich hätte schreiben können. Das wäre die ganze Wahrheit gewesen.

Vielleicht sagte ich ihm aus Stolz, dass ich einen Roman über Akif Amca schreiben würde, um meinen Tagen mehr Sinn zu geben, die sich sonst beinahe ausschließlich um unsere Unterhaltungen drehten.

Jeden Morgen verließ ich mein Zimmer und ging zur Saint-Quentin-Markthalle, machte einen Spaziergang am Fluss oder ließ mich durch die Passage Brady mit ihren zahlreichen Gewürzläden treiben. Ich stellte es vor M. so dar, als gehörten diese Orte zu meinem Alltag, als hätte ich auch schon vor unserem Kennenlernen so gelebt: »Heute Morgen, als ich gerade zum italienischen Stand in der Markthalle ging …« Oder: »Ich war gerade kurz beim Blumenladen. Die Besitzerin hatte wie immer schlechte Laune.«

M. meinte, mein simpler Alltag stecke voller Poesie. Und wegen dieser Beobachtung begann ich, meinen Alltag noch poetischer zu gestalten.

(Ich weiß noch, dass ich einmal eine Schüssel für mein Zimmer kaufte. Ich weiß nicht, wieso, aber diese Erinnerung schmerzt mich. Die Schüssel war dunkelblau, und ich legte Obst hinein. Ein sehr poetischer Anblick. Vielleicht erschuf ich ihn nur, um M. von ihm berichten zu können.)

Nachmittags suchte ich mir Schauplätze aus Akif Amcas Tagebüchern aus – die ehemalige Kristallmanufaktur in der Rue de Paradis, der ruhige und baumgesäumte Abschnitt mit Pénichen am Canal Saint-Martin, die Höhle hinter dem Wasserfall im Parc des Buttes-Chaumant –, immer mit der vagen Vorstellung, dass diese Orte vielleicht einen Platz in meinem imaginären Roman finden würden. Und sobald ich wieder in meinem Zimmer war, erzählte ich M. von meinen Entdeckungen.

Akif Amcas Tagebücher enthielten Reiseberichte, Buchzitate und mehrere Gedichte. Die Gedichte waren sehr nostalgisch und zeugten von einer Sehnsucht nach Istanbul. Ich fand sie amateurhaft und beinahe didaktisch, weil viele von ihnen historische Fakten über die Stadt enthielten. Aber genau deshalb mochte ich sie auch. Sie steckten voller naivem Eifer. Aber von diesen Überlegungen erfuhr M. nichts. Ich gab vor, Akif Amca sei ein großer Poet gewesen, und dass es nun meine Verantwortung sei, sein Werk der Welt zugänglich zu machen.

Ich erzählte M. von einem Gedicht, dessen Titel »Die Erfindung der Mitternacht« mich nicht loslassen wollte. M. stimmte mir zu; es sei ein geheimnisvoller Titel und er sagte, es sei eine Schande, dass sein Türkisch nicht reiche, um Gedichte lesen zu können. Ich erinnere mich noch an seine ständigen Entschuldigungen. Doch sie trugen nur zu dem Eindruck seiner sanften Autorität bei.

»Tut mir leid, falls ich zu neugierig bin«, schrieb er. »Aber ich würde mich freuen, wenn Sie mir das Gedicht übersetzen könnten.«

Das Gedicht konnte leider nicht mit seinem Titel mithalten, und ich übersetzte es ihm nie. Es erzählte nicht, wie der Titel vielleicht vermuten ließ, von einem fantastischen Abend, sondern von der Umstellung der öffentlichen Uhren in der Republik Türkei, als diese zum westlichen Kalender überging.

Doch mit der Zeit wurde aus dem Titel des Gedichts eine Art Codewort, das wir benutzten. Es hatte nichts mehr mit dem Gedicht an sich zu tun, und immer, wenn zwischen uns das Wort »Mitternacht« fiel, wussten wir um seine besondere Bedeutung.

Das meine ich damit, dass ich nicht gelogen habe. Mir schien, dass sich mir mit M. als meinem Leser eine ganze Landschaft von Wörtern und Bildern offenbarte.

26.

Wenn Fremde nach meinem Vater fragten, erzählte meine Mutter ihnen immer, er sei Dichter gewesen. Ich gab vor, nicht zuzuhören, damit sie sich nicht schämen musste.

»Und was war Ihr Mann von Beruf?«

»Er war Dichter.«

Ohne mit der Wimper zu zucken.

Es war die unkomplizierteste Geschichte über meinen Vater. Je älter ich wurde, desto mehr sehnte ich mich nach diesem Dichter mit seiner lebendigen Fantasie. Und das, obwohl ich nur zwei dünne Sammlungen mit Gedichten von ihm besaß, die er vor langer Zeit geschrieben und die ich nie gelesen hatte. Obwohl er in meiner Erinnerung nie aktiv seine Kunst ausübte, außer in jenen klaren Momenten, als er in mein Zimmer kam und meinen Namen buchstabierte.

»N, U, R, U, N, I, S, A.«

Er blickte mich an, als würde er ein Netz sehen, das die Welt umspannte. Als hätte er endlich etwas begriffen.

»Ich habe dir diesen Namen gegeben«, sagte er. »Er ist mein Geschenk an dich.«

An manchen Abenden wollte ihm das Buchstabieren nicht gelingen, und ich musste ihm helfen.

Die kurze Stille, die folgte, wann immer meine Mutter diese unkomplizierteste Geschichte über meinen Vater erzählte, war unser Geheimnis und unsere Schande.

27.

Meine Mutter hatte in der Schule gehört, dass Mädchen zu Jungen und Jungen zu Mädchen würden, wenn sie unter einem Regenbogen durchliefen. Wenn während der Fahrten nach Istanbul irgendwo auf der von Sonnenblumenfeldern gesäumten Straße ein Regenbogen auftauchte, bettelte sie ihren Vater an, schneller zu fahren und träumte davon, was sie alles tun würde, sobald sie die Grenze überschritten hatte. Sie könnte genau wie Akif Amca sein, der einfach seinen Spazierstock nahm und ging, ohne jemandem Rede und Antwort stehen zu müssen.

Meine Mutter rückte nie davon ab, dass sie ein Mann hatte sein wollen. Es machte mich traurig, aber das verschwieg ich ihr. Immer, wenn sie von der Geschichte erzählte, klang es für mich so, als wolle sie mir sagen, dass sie und ich sehr verschieden seien, aber ich weiß nicht, ob sie das aus Grausamkeit oder zum Schutz tat.

»Du hattest Spaß, oder, Nunu?«, fragte sie, nachdem wir die Tanten besucht hatten. Es war eher eine Aussage als eine Frage. Damit wollte sie beweisen, dass ich, im Gegensatz zu ihr, seltsamerweise Gefallen an der Gegenwart von Frauen fand.

Als wir eines Nachmittags nach Hause gingen, erzählte ich ihr von einem Rezept, das ich von Asumans Nachbarin gelernt hatte, die zum gemeinsamen Teetrinken einen Kuchen mitgebracht hatte. Ich erklärte, wie man den Farbstrudel in der Mitte hinbekam.

»Irgendwann backe ich ihn mal für dich«, sagte ich.

»Ach, Nunu«, sagte meine Mutter. »Was beschäftigst du dich mit so was?«

In Gegenwart anderer Frauen war meine Mutter ein anderer Mensch. Bevor die Tanten zu Besuch kamen, schien sie sich zu bemühen, besonders ungepflegt auszusehen. Sie zog beispielsweise eine lilafarbene Bluse mit Bleichmittelflecken und einen viel zu großen Rock an und fummelte lange Strähnen aus dem Nest auf ihrem Kopf. Ich fragte mich manchmal, ob meine Mutter vielleicht irgendwie meine Hilfe brauchte. Meinen Rat.

»Nejla, lass uns beide Grün tragen«, sagte ich, bevor die Tanten eintrafen und ging in ihr Zimmer, um das lange, fließende Kleid zu holen – das, in dem sie sich in einen anderen Menschen verwandelte. (Und wenn sie dazu noch die goldene Halskette mit den kleinen Edelsteinen trug, war ich für den Rest des Tages vom Punktesammeln befreit.)

Doch meine Mutter starrte mich nur an, als würde sie sich fragen, wen sie da eigentlich vor sich hatte. Und während des Besuchs sah sie einfach nur chaotisch aus. Als würde sie wollen, dass wir sie für verrückt erklärten und sie in Ruhe ließen.

Wenn die Tanten ihr beim Kochen Gesellschaft leisteten, rauchte sie eine Zigarette nach der anderen.

»Also wirklich, Nejla«, sagten sie dann jedes Mal. »Was bist du nur für ein Vorbild für Nunu?«

Meine Mutter ließ die Asche am Ende der Zigarette immer länger werden, sodass sie drohte, ins Essen zu fallen. Doch egal, wie viel Mühe sie sich gab – ich sah, dass das alles nur gespielt war. Ich sah das angedeutete Lächeln hinter ihrer Sturheit, während die Zigarette ihr wie bei einem Cowboy im Mundwinkel hing.

Während der Bayram-Feiertage, wenn meine Großmutter aus Aldere kam, um sich zu den Tanten – ihren Schwestern – an den Küchentisch zu gesellen und mit ihnen zu quatschten, tat ich gelangweilt, damit meine Mutter sich nicht ausgeschlossen fühlte. Aber ich liebte diese spontanen Treffen, die die große Weisheit dieser sonst so normalen Frauen ans Licht brachten.

Unter Frauen hatte alles einen Namen und einen festen Platz in der Welt. Wenn eins der Mädchen aus der

Nachbarschaft aufhörte, zum Tee zu kommen, sagten die Tanten, dass sie eine Phase durchmache. Wenn die Mutter des Mädchens erzählte, dass es ein Kissen umklammert halte und sich wünsche zu verschwinden, lachten alle. Diese exakte Beschreibung erstaunte mich, und ich war überrascht, wie die anderen diese Nachricht aufnahmen – als wäre das eine vorhersehbare Phase im Leben jedes jungen Mädchens.

Im Gegensatz zu meiner Mutter, die gewisse Dinge ignorierte, bis ich in die Mittelschule kam, gab es nichts, was anderen Frauen peinlich war. Asuman und Saniye kommentierten meine häufigen Gänge zur Toilette oder meine neuerdings so seidigen Beine. Meine Mutter sagte nichts dazu, als ich zum ersten Mal meine glatten Beine in kurzen Hosen präsentierte. Asuman sagte sofort, dass sie hoffte, dass ich sie gewachst hätte, weil ich sonst nie wieder aus dem Rasieren rauskommen würde.

Unter Frauen gab es geheime Vorratskammern mit Wissen zu Themen wie Abnehmen, Krampfadern und Cellulite. Sie alle sprachen die Sprache des Kochens mit ihren Messerspitzen und Daumengrößen. In ihren Rezepten war die Dicke von Orangenschale, die Konsistenz eines Ohrläppchens oder die Dünnheit eines Lakens gefragt. Ich liebte ihr Wissen und ihre Macht über die Welt.

Einmal, als meine Mutter und ich uns von den Tanten verabschiedeten, drängte uns eine Nachbarin, noch länger zu bleiben, um wenigstens mitessen zu können.

Asuman antwortete an unserer Stelle, dass meine Mutter eben ungeduldig war.

»Sie wird unruhig, wenn sie zu lange an einem Ort bleibt«, sagte sie. Ich war beruhigt, dass es so einfache und undramatische Erklärungen für das Verhalten meiner Mutter gab.

Frauenrunden spendeten bei Tragödien Trost und verankerten sie in Alltag und Routine. Sie holten unverständliche Geschehnisse von ungreifbaren Wolken hinab auf die Erde. Frauenrunden wussten, wie die Welt zu formen war. Meine Großmutter formte die Dinge gekonnt und mit Nachdruck. Sie knetete die klebrige Masse mit großer Ruhe und wusste, dass der Teig irgendwann nachgeben würde, so wie Frauen immer innerhalb von Minuten und mit derselben stoischen Haltung Essensreste und Tellerberge aufräumen konnten.

Bei Beerdigungen und an Krankenbetten kochten Frauen Essen und Tee. Sie delegierten Aufgaben, zählten Gäste, schafften entsprechend viele Teller herbei. Sie servierten Suppe und Beerdigungs-Helva. Jede Portion war gleich groß, als würde nicht nur das Essen, sondern auch die Trauer auf alle Anwesenden gleichmäßig verteilt.

Unter Frauen fand das Erinnern in Form von Listen statt. Während ihrer Unterhaltungen in der Küche erinnerten sich meine Großmutter und ihre Schwestern plötzlich an eine Frau namens Sıdıka, die eine Etage tiefer gewohnt hatte, und zählten dann alle Menschen auf, die im Gebäude gelebt hatten. Sie erinnerten sich an alle Namen des Kanlıca-Ladens und wer ihn geführt hatte. Es hatte beispielsweise einen stotternden Ersen Efendi und mit ihm die Herausforderung gegeben, Gemüse dort zu kaufen, ohne zu lachen. Es war eine der wertvollsten Erinnerungen auf ihrer Liste.

Sie zählten ihre Lieblingsstücke auf, was Porzellan, Kristallwaren, Silberwaren und Tücher anging. Sie erinnerten sich daran, dass der Seidenorganza aus Zypern nicht nur zu Saniyes Rock mit dem hohen Bund genäht worden war, sondern auch zu einer Bluse und einer dazu passenden Tasche für meine Großmutter. Sie zählten die Zutaten für Nachtische auf, für Gerichte, die auf den Tischen ihrer Kindheit gestanden hatten. Sie zählten Spiele und ihre Variationen auf: Murmeln konnte man mit zwei oder fünf Murmeln spielen, Blinde Kuh mit zwei Augenbinden hieß »Du oder ich«. Sie zählten alle Filme mit Türkan Şoray und Doris Day auf, die einzelnen Charaktere aus »Roots« und ihre Beziehungen zueinander und wer in »Der Denver-Clan« im Laufe der Serie die Vorherrschaft gehabt hatte.

»Wie ging noch mal dieses Lied …?«, fragte eine, und schon sangen alle Lieder aus der entsprechenden Region. Meine Großmutter achtete darauf, dass niemand vorschnell von ägäischen zu anatolischen Liedern oder von den täglichen Liedern ihrer Mutter zu ihren Liedern für melancholische Anlässe überging. Es gab auch die

Lieder, die ihr Vater beim Abendessen gesungen hatte, während sie mit gesenktem Blick dasaßen. Und wenn sie sich an diese Lieder erinnerten, sangen sie sie ebenfalls mit gesenktem Blick, als gäbe es die Lieder nicht ohne die dazugehörige Erinnerung.

»Wie sagt man noch gleich ...?«, fragten sie. »Wisst ihr noch, das Restaurant ...?« Die Erinnerungen waren nur einzelne Sachen auf einer Liste.

Natürlich gab es innerhalb der Gruppe auch Hierarchien, und die Beziehungen der Versammelten wurden von ihrer Position bestimmt. So hatte Asuman nie geheiratet, deshalb konnte sie manche Dinge nicht verstehen. Ähnlich war es mit Saniye: Sie hatte nie ein Kind bekommen. Doch im Gegensatz zu meiner Großmutter hatte sie ihren Mann geliebt, jedes Jahr mehr, bis in himmlische Höhen, sodass sie bei diesem Thema das letzte Wort hatte. Da ihr verstorbener Mann nicht widersprechen konnte, erzählte Saniye von dem Glück einer immer stärker werdenden Liebe, das sich ihre Schwestern nicht vorstellen konnten. Doch während der Treffen wurden die Hierarchien beiseitegelegt, und die Frauen verschmolzen zu einer Weisheit, die so geordnet und gut sortiert war wie die perfekt gestärkte und zusammengelegte Bettwäsche in ihren Schränken.

Selbst große Tragödien waren nur Punkte auf einer Liste. Auf dem ersten Platz von Asumans Liste stand das Dreirad, mit dem sie nie hatte fahren dürfen. Darauf folgten weitere Ungerechtigkeiten, die ihr als jüngeres Geschwisterkind widerfahren waren.

Saniye zählte die Male auf, die ihr Mann ihr als Geist erschienen war, und fing mit dem Tag seiner Beerdigung an, als er im Schlafzimmer seine Manschettenknöpfe anbrachte. Die Erinnerung an die weiteren Besuche waren geprägt von der Sorgfalt, mit der der Geist sich kleidete, seine Taschentücher faltete, seine Schuhe putzte oder sich die Weste zuknöpfte, die er an seinem Todestag in Aldere getragen hatte.

Auch meine Großmutter hatte die Peinigungen ihrer Schwiegermutter auf eine Liste mit Kleidungsstücken runtergebrochen, die diese an sie weitergegeben hatte. Ihre Regale der Trauer waren voll mit Seide aus Marseille, die sie für ihre Schwägerin gekauft hatte, und den Kleidern, deren Reißverschlüsse sie, während sie mit meiner Mutter schwanger gewesen war, nicht hatte schließen können.

Manchmal erzählte meine Großmutter, ermutigt von ihren Schwestern – denn in dieser Zusammensetzung neigten sie zur Überschwänglichkeit –, von den Wochen, die der Hochzeit meiner Eltern vorangegangen waren. Es war meine Lieblingsliste, und sie wurde nur ausgebreitet, wenn meine Mutter nicht dabei war. Meine Großmutter erzählte von den Besuchen auf dem Basar, von den Abendessen und Mittagessen, von den Verwandten, die sogar aus Antalya angereist waren.

Asuman stieg beim Verlobungsessen ein und zählte die servierten Gerichte auf, als wären sie der physische Beweis für das Glück und die Freude, die damals vorgeherrscht hatten. Saniye sagte, dass sie die an diesem Abend gespielten Lieder niemals vergessen würde, zählte die Solos und Duette auf und endete mit dem französischen Lied, das meine Eltern gemeinsam gesungen hatten. Am Ende des Liedes hatte mein Vater die goldene Kette mit den kleinen Edelsteinen hervorgeholt – die, die meine Mutter während meiner Kindheit von einer Schatten- in eine Lichtgestalt verwandelt hatte – und sie meiner Mutter angelegt.

Wenn die Welt sich Punkt für Punkt in Listen verwandelte, wurde aus einmaligen Vorkommnissen Routine, eine Geschichte, in der die Dinge schon immer so gewesen waren. Auch darin lag die Freude an dieser Inventur – wenn kürzeste Erinnerungen ausgedehnt wurden und den normalen Alltag ersetzten.

28.

(Was Luke nicht erwähnte, wann immer er meinte, dass alle Menschen eine eigene Geschichte zu erzählen hätten, war, dass es ein Privileg ist, eine Geschichte zu haben und sie so gut zu kennen wie den eigenen Namen.)

29.

Es muss Februar gewesen sein, als ich M. zum zweiten Mal traf, denn er schlug in einer E-Mail vor, dass wir einen Spaziergang machen und uns die Judasbäume ansehen sollten, bevor sie blühten. So würden wir die Blüte später mehr genießen können. Dieser seltsame Vorschlag passte zu ihm. Diese Wertschätzung zukünftiger Schönheit.

Wir verabredeten uns nachmittags am Metroausgang am Jardin du Luxembourg. Mit diesem Treffen trat eine Änderung in der Art unserer Kommunikation ein; wir wechselten zu praktischen Fragen wie Uhrzeiten und Treffpunkten.

M. wartete auf der anderen Straßenseite. Als er mich sah, nahm er die Hand aus seiner Manteltasche und hielt sie einen Moment lang hoch. Nachdem ich die Straße überquert hatte, beugte er sich ein Stück vor und sagte: »Endlich sehen wir uns wieder.«

Er schien mir fremd; älter und schwächer als die sanfte, nachdrückliche Stimme, die mich in den letzten Wochen begleitet hatte.

Wir liefen in den Park und folgten dem äußeren Weg entlang der Tore. Ich hatte vergessen, wie groß M. trotz seines gebeugten Gangs war. Er steckte die Hände tief in seine Taschen, als würde er sich runterziehen wollen.

Wir schwiegen eine Weile. Er ging rechts und ich links. Ich fragte ihn, wie es ihm ergangen war, seit wir uns das letzte Mal gesehen hatten. Sofort bemerkte ich, wie seltsam die Frage war – wir hatten einander bis kurz vor diesem Treffen geschrieben. Noch am Abend zuvor hatte M. mir von seiner Lektüre über die Bronzezeit erzählt. Er war fasziniert von diesem Abschnitt der Geschichte und redete darüber nicht, als hätten wir ihn schon längst hinter uns gelassen, sondern als steckten wir mittendrin.

Er sah mich nur an, dann trat er plötzlich ein Stück vor und wechselte auf meine linke Seite.

»So rum ist besser«, sagte er. Ich dachte, dass er vielleicht mit dem einen Ohr besser hören würde, aber ich fragte nicht nach. In mehreren E-Mails hatte M. sein Alter erwähnt. Er hatte gesagt, dass er vielleicht zu alt sei und dass seine Erinnerung ihm einen Streich spiele, als ich nach einem Detail Istanbuls gefragt hatte (er hatte gemeint, dass er sich noch gut an das blaue Mosaik am Fähranleger Kadıköy erinnern könne, und ich hatte gefragt, ob er nicht den in Beşiktaş meine), und auf eine Geschichte, die ich ihm erzählt hatte, hatte er geantwortet, dass er in meinem Alter die Welt nicht mit solcher Genauigkeit wahrgenommen hätte. Ich hatte nichts erwidert und mich dank der illusorischen Überlegenheit meiner Jugend sehr großzügig gefühlt.

Später erfuhr ich, dass mit M.s Ohren alles in Ordnung war und dass er einfach lieber auf der linken Seite ging. Auch das ist ein wichtiges Detail im verschwommenen Porträt meines Freundes. Ein großer, gebeugt gehender Mann, mit einer Narbe auf der Stirn, der zu meiner linken Seite läuft.

Wir redeten kaum. Es gab vieles, das ich ihm sagen wollte, aber ich wusste nicht, wie ich die Unterhaltung mit diesem Menschen neben mir beginnen sollte. Es war, als befände sich eine unsichtbare Mauer zwischen uns, die ich erst überwinden musste, um mit diesem M. zu reden. Ich wartete auf ein Zeichen seinerseits, darauf, dass er unsere schriftlichen Unterhaltungen der letzten Wochen aufgreifen würde. Irgendetwas, das die Distanz zwischen den beiden M.s überbrücken würde. Doch M. – der, der neben mir lief – tat nichts, um diese Mauer zu überwinden. Ich frage mich, ob es ihm genauso erging oder ob er einfach nur meine unterschiedlichen Empfindungen beobachtete.

Manchmal, wenn ich versuche, mich an ihn zu erinnern, empfinde ich eine ähnliche Erschöpfung. Als wäre die Person, an die ich mich zu erinnern versuche, hinter einer Mauer verborgen und als würde sie sich mir nur Stück für Stück zeigen. Es ist anstrengend, diese Stücke zusammenzufügen, und nach einer Weile lassen meine erschöpften Gedanken sie frei, damit sie zurück in ihre jeweiligen Ecken in meiner Erinnerung schweben können: der große Mann, der Autor, die zögerliche Hand, die aus der Manteltasche gezogen wird, der unruhige, abwesende Blick.

Als wir die Außenrunde komplett gelaufen und wieder an der Metrostation angekommen waren, brach M. plötzlich das Schweigen und zeigte auf die Judasbäume mit ihren kahlen Ästen.

»Die Lieblingsbäume Ihrer Mutter«, sagte er.

Diese Bemerkung überraschte mich, und ich fühlte mich, als hätte jemand ein privates Gespräch von mir belauscht.

»Oh, stimmt«, sagte ich.

»Ich war beeindruckt von Ihrer Beschreibung«, fuhr er fort. »Und von all den Erinnerungen, die Sie an Ihre Mutter haben. Ich fühle mich sehr geehrt, dass Sie sie mit mir geteilt haben. Sie hatten wirklich eine besondere Beziehung. Eine ganz eigene Welt. Ich hatte nie so etwas. Wirklich schade, dass ich Sie noch nicht gekannt habe, als ich in Istanbul gelebt habe. Dann hätte ich Ihre Stadt in mein Buch einfließen lassen können.«

Wir gingen durch das Tor, und ich zeigte auf das Bistro gegenüber mit der roten Markise.

»Zeit fürs Mittagessen«, sagte ich, und M. lachte erfreut.

30.

Wie gesagt liegt all das in der Vergangenheit. Jetzt scheint es naiv oder sogar falsch, sich aus der wahrhaftigen Stadt zurückzuziehen. Und es ist schwierig, über Istanbul zu reden, ohne sein aktuelles Schicksal zu erwähnen.

Diejenigen, die noch immer von Istanbuls Schönheit reden, können sich unmöglich vor Ort befinden. Die Stadt besteht aus diesem unaufhörlichen Summen. Und dann sind da noch die Menschenmassen. So viele Leute, so viel Einsamkeit.

Istanbul erdrückt uns jeden Tag mehr. Es wird immer schwieriger, das zu ignorieren, obwohl ich mich hier manchmal genauso fremd fühle wie damals in Paris.

Aber ich weiß, dass die Stadt etwas sagen will und dass sie immer lauter ruft. Bald wird sich ihre Botschaft offenbaren, egal, ob ich meine Ohren für sie öffne oder nicht.

Es führt zu nichts, diese zu Ende gegangene Freundschaft zu dokumentieren. Es vertreibt mir nur die wenige Zeit, bis sich etwas anderes in den Vordergrund drängt.

31.

Nach unserem Spaziergang im Park aßen wir im Bistro gegenüber zu Mittag. Das Au Petit Suisse hat ein paar Außenplätze und liegt ein Stück entfernt von dem beliebteren, limettengrünen Café am Place Edmond-Rostand.

Ich sehe es immer noch vor mir und spüre einen Stich im Herzen bei der Vorstellung, dass das Leben dort seinen normalen Gang geht. Die Sonnenstrahlen des frühen Nachmittags, die Stammgäste, die sich einfach auf ihre Plätze setzen, die unschlüssigen Touristen, die draußen die Speisekarte lesen.

M. und ich setzten uns an einen Tisch im hinteren Bereich. Nach unserem ersten Besuch gingen wir noch mehrmals dorthin und nahmen immer denselben Tisch. Wir nannten es »unser Bistro«. Das auf dem Boulevard Saint-Michel, in dem wir auf unserem ersten Spaziergang Wein getrunken hatten, war das »Nachtcafé«. Und der Metroausgang am Jardin du Luxembourg wurde zu unserem »Treffpunkt«.

»Morgen wieder am Treffpunkt?«, fragten wir immer, oder: »Wie wäre es mit einem Glas Wein im Nachtcafé?«

Ich sollte noch ein paar Dinge festhalten, bevor ich sie später vergesse. In unserem Bistro arbeitete »Sir Winston«, ein alter Kellner, der uns zu jeder Tasse Kaffee zwei Stückchen Schokolade brachte. »Der Philosoph« war der launische Kellner, der sich um die Außenplätze kümmerte. Alle, die irgendwelche spirituellen Anwandlungen hatten, bezeichneten wir als »Kristalljunkies«. Diejenigen, die ein Selbsthilfebüchern gleichendes unehrliches Mitgefühl an den Tag legten, nannten wir »Diktatoren«. Ich weiß nicht mehr, wer von uns sich diesen Titel ausdachte oder warum – ich glaube nicht, dass ich M. von Luke erzählt habe. Aber ich habe ihm erzählt, dass auch meine Mutter immer misstrauisch gegenüber solchen »Diktatoren« gewesen war.

»Ich hätte diese beeindruckende Frau wirklich gerne gekannt«, sagte M.

Ich habe bereits erwähnt, dass »Die Erfindung der Mitternacht« ebenfalls einer unserer Geheimcodes war. Ein weiteres Beispiel war »Apollodor«, was sich auf in Vergessenheit geratene Literaturschaffende, aber auch auf das gnadenlose Voranschreiten der Zeit bezog. Den Namen hatte ich aus ein paar Zeilen in Akif Amcas Notizbuch, wo er die einzigen überlieferten Verse eines griechischen Poeten namens Apollodor aufgeschrieben hatte (»Wer tritt zu solcher Zeit / an die Schwelle dieser Pforte?«). Akif Amca hatte kommentiert, dass diese Verse wie »in der Wüste ausgegrabene Säulen« seien.

»Die Apollodoren dieser Welt«, sagten wir, oder »die Schreckensherrschaft des Apollodor«, womit wir meinten, dass das Leben zu kurz war.

Mir ist bewusst, dass unser privater Wortschatz absurd klingt, wenn man ihn so auflistet, und dass er immer weiter an Bedeutung verliert, je mehr Zeit vergeht. Ich könnte nicht sagen, was bei seinem Verschwinden verloren gehen würde, aber er ist ein wichtiger Teil unserer Freundschaft gewesen.

Während unseres ersten Mittagessens im Bistro setzte ich mich auf den Platz mit Blick auf den Park, weil M. es so vorschlug. Er deutete einfach auf den Stuhl und sagte: »Sie sitzen hier.«

Direkt nach dem Platznehmen studierte er die Karte. Sein Blick glitt die Seiten hoch und runter, dann legte er die Karte wieder hin. Er zählte auf, welche Gerichte wir uns teilen sollten, wobei sich das eher wie ein Tatsachenbericht denn wie eine Bitte um Bestätigung anhörte. Wir bestellten Endiviensalat mit Muscheln, Terrine, marinierte Sardinen und, auf Empfehlung von Sir Winston hin, einen Salat mit Roter Bete und Ziegenkäse.

Ich erinnere mich noch, dass M.s Französisch sehr unbeholfen war und dass er viele Fehler machte, sich aber nicht dafür entschuldigte. Bedienungen wechselten bei ihm nie ins Englische, bei mir jedoch manchmal schon, obwohl mein Französisch wegen meines Studiums wahrscheinlich sogar besser, auf jeden Fall weniger mit Fehlern durchsetzt war. Aber in M.s Gegenwart sprach ich langsam und wählte jedes Wort mit Bedacht aus.

Als unser Essen kam (»Bringen Sie alles auf einmal«, hatte M. Sir Winston gebeten. »Wir essen auf mediterrane Art.«), aß M. mit großem Appetit drauflos. Er dippte sein Brot in den Senf und fuhr damit anschließend über seinen Teller, um ein bisschen was von allem – Käse, Salat, Fisch, Fleisch – draufzuschieben. Seine Art zu essen unterschied sich von seinen nachdenklichen, ruhigen E-Mails und auch von seiner reservierten Art bei unseren Treffen. Ich hatte oft das Gefühl, dass ich sein wahres Wesen würde erfassen können, wenn ich mich nur genug konzentrierte. Und mit der entsprechenden Mühe wäre mir das auch bei mir selbst gelungen.

Während meiner Freundschaft mit M. begann ich, mich an etwas über mich selbst zu erinnern, das ich ignoriert hatte. Ein unbeschreibliches, geräuschloses Wissen. Mir wurde klar, dass ich ihm direkt in die Augen sehen konnte und dass es eine unerwartete Form haben würde – weder hässlich noch beschämend.

Doch ich erhaschte nur einen schnellen Blick darauf. Ich sagte mir, dass ich es rauslassen würde, wenn die Zeit dafür gekommen wäre. Aber das ist nichts anderes, als es zurückzuhalten.

32.

Einige Jahre nach dem Tod meines Vaters, als ich neun oder zehn war, bekam ich von Robert, einem walisischen Freund meiner Mutter, ein Buch über Blumenelfen geschenkt. Robert war ein sanftmütiger Fotograf, der jedes Jahr nach Istanbul kam und mit dem ich unbedingt so schnell wie möglich und für immer Freundschaft schließen wollte. Ich wollte ihn als Teil meiner Familie vorstellen können.

Das Buch enthielt Fotos von Elfen in englischen Gärten und zählte zu meinen größten Schätzen. Abgesehen davon, dass es ein Geschenk von Robert war, bezauberte mich das Buch ganz einfach dadurch, dass die Fotos darin die Existenz von etwas bewiesen, das wir normalerweise nicht sehen konnten. Wieder und wieder sah ich es mir an. Die winzigen Kreaturen, deren zarte Körper halb aus Licht zu bestehen schienen, ähnelten den Blütenblättern, in deren Nähe sie schwebten. Mein Lieblingsbild, das ich mir so oft angesehen hatte, dass sich das Buch ganz von selbst an dieser Stelle öffnete, war ein Schwarz-Weiß-Foto eines Elfenkinds in meinem Alter, das einen weißen Rock trug. Das Foto war gemacht worden, als es seinen Kopf hinter einer gesprenkelten Fingerhutblüte verbarg. Das Bild führte mir vor Augen, warum ich diese schüchternen und herumflitzenden Geschöpfe noch nie selbst gesehen hatte. Im Hintergrund liefen die Besitzer des Gartens – ein Pärchen, beide groß, dünn und mit Hut – einen Weg entlang, ohne auch nur die leiseste Ahnung von dem magischen Wesen zu haben, das sich nur wenige Meter von ihnen entfernt befand.

Robert brachte auch Geschenke für meine Mutter mit: einen lilafarbenen Schal, Bücher, einen Füllfederhalter. Einmal schenkte er ihr eine blaue Schüssel, die mit Vögeln bemalt war und die ich für den schönsten Gegenstand auf der ganzen Welt hielt. Aber mir schien, dass meine Mutter diese Geschenke nicht so schätzte wie ich das Buch mit den Elfen. Sie verstaute sie oft irgendwo und brachte sie dann zu meiner Großmutter nach Aldere.

Als Robert mich einmal bat, ihm meine Lieblingsbilder in dem Elfenbuch zu zeigen, kletterte ich auf seinen Schoß. Meine Mutter kam kurz in den Raum und ging dann wieder, und wir hörten, wie sie in der Küche laut mit dem Geschirr herumhantierte. Ich wollte Robert sagen, dass sie nicht immer so war, dass er ihre strahlenden und farbenfrohen Momente immer knapp verpasste, genauso wie man die schelmischen Gartenelfen nicht sehen konnte. Soweit ich wusste, hatte Robert sie nur ein einziges Mal in ihrem grünen Kleid gesehen, und da hatte sie noch nicht mal ihre Halskette getragen.

»Robert Amca«, sagte ich zu ihm – Onkel Robert. Ich sagte es möglichst oft und erfreute mich an der Nähe, die ich mit diesem einzelnen Wort erschaffen konnte.

»Wann kommt Robert Amca?«

»Robert Amca ist so nett!«

»Nejla, das musst du unbedingt auch Robert Amca erzählen!«

Ich muss in der Mittelschule gewesen sein, als meine Mutter sagte, dass ich ihn nicht so zu nennen brauchte.

»Er ist nicht dein Onkel«, sagte sie.

Ich weiß noch, dass sie mit manchen Dingen genauso verfuhr wie mit Roberts Geschenken. Sie packte sie einfach weg. Ihre Freunde, die Sorgen ihrer Tanten. Sie verstaute sie irgendwo, tat so, als gäbe es sie nicht und ignorierte, dass sie mit diesem Verhalten andere vielleicht verletzte.

Aber jetzt erinnere ich mich an etwas anderes: Es gab eine Zeit, in der ich sie verstand. In der ich wusste, dass sie glaubte, keine andere Wahl zu haben.

33.

Der symmetrische Buchstabe, den ich ausgewählt habe, um M. zu repräsentieren, und der gleichzeitig meine Anerkennung für die großartigen Symmetrien der Literatur darstellen soll, ist eine Erfindung. In jedem, der seine Bücher gelesen hat, erweckt der Klang seines Namens ein anderes Bild. Natürlich ist es wahrscheinlich nicht allzu schwierig, das Rätsel um M.s Identität zu lösen, aber ich bevorzuge diesen Buchstaben, um von unserer kurzen Freundschaft zu erzählen, weil er sich nicht mit den Vorstellungen anderer vermischt.

Ich dachte lange, dass Schriftstellerinnen und Schriftsteller besondere Fähigkeiten hätten, mit denen sie Geschehnisse nach ihren Wünschen formen könnten. Der Beruf und seine Bezeichnung hatten eine geheimnisvolle, fast mystische Aura, als wären sie nicht von dieser Welt.

Und von Zeit zu Zeit sah ich auch M. so. Wenn er mir schrieb, stellte ich ihn mir an zwei Orten gleichzeitig vor. Ich stellte mir vor, dass er Alltägliches in eine Geschichte verwandelte und dass unsere Freundschaft unabhängig von ihrem Verlauf irgendwann seinen Wünschen entsprechen würde.

Einmal, als M. mich in einer E-Mail als »die Stille mit dem gesenkten Blick« beschrieb, fragte ich mich, ob er diese Worte in einer Charakterbeschreibung verwenden und sie austesten wollte. Ein anderes Mal, als wir über die Pont de la Tournelle gingen und die Kathedrale in all ihrer Erhabenheit in unserem Blickfeld erschien, blieben wir stehen, und ich wünschte mir, dass wir beide denselben Moment erlebten, doch M. schien sich an einem anderen Ort zu befinden, einem, an dem er der Herr der Dinge war, an dem nur er das wahre Gewicht der Welt spürte. Doch um mich von all den anderen Menschen abzugrenzen, die seine Bücher gelesen hatten und sicherlich zu ihm aufsahen, verriet ich ihm nicht, dass ich sie gelesen hatte.

Und egal, wie seltsam unsere Unterhaltungen auch manchmal waren: Es gab Dinge, nach denen ich nicht fragte. Ich hätte gerne gewusst, was er zum Frühstück aß, was sein Lieblingsfilm oder -witz war, wie er als Kind gewesen war. Aber ich fand, dass dies keine angemessenen Fragen für einen Autor waren.

Manchmal, während eines langen Spaziergangs, wenn ich das Gefühl hatte, dass wir beide dieselbe Stadt sahen, wenn unser Gespräch mühelos dahinfloss und es so wirkte, als könnte es noch stundenlang so weitergehen, sah M. auf seine Uhr und sagte: »Leider muss ich jetzt los.«

Jedes Mal war ich wieder von neuem überrascht.

In solchen Momenten fragte ich mich, ob unsere Freundschaft für uns beide die gleiche Bedeutung hatte. Zumindest bemerkte ich in solchen Momenten, dass es für M. auch andere Welten gab, in denen er zu Hause war und in die er zurückkehren wollte.

34.

Während meines ersten Jahrs an der Universität teilte ich mir ein Zimmer mit Molly. Sie stammte aus Manchester, hatte wilde Locken und ging alles ganz sorgenfrei an. Vielleicht könnte man sie am besten damit beschreiben, dass sie sich selbst in- und auswendig zu kennen schien. Kein Teil von ihr war ihr fremd, für nichts schämte sie sich, und nichts verbarg sie vor sich selbst.

Abends, wenn ich an meinem Schreibtisch saß und Lehrveranstaltungen nachbereitete oder an Hausarbeiten schrieb, lag sie in ihrem Bett und ließ ihre Beine durch die Luft gleiten, als würde sie Fahrrad fahren.

Manchmal sagte sie morgens: »Ich hab keine Lust, zur Uni zu gehen. Passt du für mich mit auf, Nunu?«

Sie hatte eine Meinung zu meinem Kleidungsstil, meiner Ausdrucksweise und der Gestaltung meiner Hälfte des Raumes mit Papiergirlanden und Schwarz-Weiß-

Fotografien. Ihre Kommentare klangen, als hätte sie auch mich durchschaut und in mir nichts Verstörendes entdeckt. Es war ungewohnt, mich mit ihren Augen zu sehen.

»Du bist so kreativ«, sagte sie. »Woher hast du das?«

Ich erzählte Molly, dass meine Mutter auch so sei, verschwieg ihr aber, dass die Kreativität meiner Mutter eine ganz andere war.

Mit meinen Antworten auf Mollys Fragen erschuf ich ein Parallelleben, das aus einem Buch oder einem Film zu stammen schien. Ich erzählte ihr, dass ich meinen Vater kaum gekannt hätte. Er wäre gestorben, als ich noch ganz klein gewesen sei, und dass ich deshalb nicht viele Erinnerungen an ihn hätte.

Ich sagte Molly, dass meine Mutter mich immer wie eine Erwachsene behandelt hätte und dass ich als Kind Dinge hätte tun dürfen, die andere Kinder nicht gedurft hatten. (Luke erzählte ich später etwas völlig anderes.)

»Wahnsinn«, sagte Molly.

Wenn sie mit ihren Eltern telefonierte, erzählte sie ihnen von ihrer gesamten Woche, von leckerem Essen bis hin zu nervigen Hausaufgaben.

»Tut mir leid, euch sagen zu müssen, dass ihr eine Idiotin zur Tochter habt«, sagte sie.

Ich saß an meinem Schreibtisch und lernte.

»Währenddessen könnte meine brillante Mitbewohnerin selbst im Schlaf ein besseres Essay schreiben als ich.«

Ich drehte mich um und winkte.

»Ich soll euch von ihr grüßen«, sagte Molly. »Außerdem soll ich euch von ihr ausrichten, dass sie ganz trübsinnig und mysteriös ist und jetzt aufhört zu lesen, um heute Abend mit mir auszugehen.«

Während unserer ersten Ferien luden mich ihre Eltern nach Manchester ein.

»Sie wollen unbedingt meine türkische Freundin kennenlernen«, sagte Molly. »Bitte sag ja, ich würde mich freuen.«

Ich schlief in Mollys Bett, und Molly schlief auf einer Matratze auf dem Boden. Nachts erzählte sie mir von all den Dingen, die sie noch vorhatte und unterschied dabei nicht zwischen ihrer Zukunft und ihren Plänen für den nächsten Tag. Ich weiß noch, dass sie auf die Galapagosinseln reisen wollte und »Galapagos« immer so sagte, als verstünde nur sie die wahre Bedeutung dahinter.

Mollys Vater fuhr mit uns durch die Stadt und an die Docks, wo Molly ihn wie ein kleines Mädchen anbettelte, ihr geröstete Mandeln mit Honig zu kaufen. Wir bekamen jede eine Tüte, und Molly hakte sich bei ihrem Vater und mir unter, als wir weitergingen.

Am letzten Tag meines Besuchs bot ich mich an, das Abendessen zu kochen. Mollys Mutter meinte, dass sie die türkische Küche lieben würden. Ich erinnere mich noch an das Gefühl, das es in mir auslöste, sie für sie alle sprechen zu hören, dieses familiäre »wir«, das sie bei den Dingen, die sie liebten, zusammenbrachte.

Ich rief die Tanten an, um sie nach einem Rezept zu fragen. Es sollte etwas Einfaches geben – Eintopf mit weißen Bohnen und Reis –, und ich erklärte Mollys Familie, dass es ein Familienessen sei, etwas, das wir unter der Woche essen würden. Es war leicht, mir vorzustellen, welches Bild sie im Kopf hatten: eine große, laute, mediterrane Familie, die sich um einen dampfenden Topf schart. Eine Familie, in der Tragödien schrumpften, sich mit vielstimmiger Geselligkeit und Freude vermischten und sich nach und nach in Komödien verwandelten. Auch ich hielt dieses Bild im Kopf, während ich Mollys Familie erklärte, dass meine Großtanten beim Anblick dieses Essens glatt in Ohnmacht fallen würden, weil es so etwas Gewöhnliches war.

»Deine Familie ist großartig«, sagte Molly.

»Was für ein Festmahl«, sagte Mollys Mutter, als wir uns an den Tisch setzten.

Sie sagte, dass ich stets bei ihnen willkommen und dass es ihnen eine Freude sei, mich zu Besuch zu haben.

Molly fragte: »Hättet ihr mich nicht ein bisschen mehr wie Nunu erziehen können? Aus ihr ist was Vernünftiges geworden.«

Ich wiederholte das, was Molly sagte, in meinem Kopf und machte Witze, erzählte Geschichten, redete auf ihre sorglose Art. Ich stellte mir vor, so mit meiner Mutter zu reden, wenn ich in den Sommerferien nach Hause kam. Ich war in ihrer Gegenwart nie so fröhlich oder begeistert gewesen wie Molly in Gegenwart ihrer Eltern. Ich weiß noch, wie ich dachte – damals war ich seit einigen Monaten nicht in Istanbul gewesen, und es ist leicht, die Textur einer Beziehung zu vergessen –, dass mit meiner Wiederankunft zu Hause die Fröhlichkeit Einzug halten würde.

Von unserer Zeit als Zimmergenossinnen bis zum Tod meiner Mutter wollte Molly mich in Istanbul besuchen. Ich antwortete immer, dass wir die Reise unbedingt bald planen sollten und dass es sicher toll werden würde. Doch immer, wenn ich nach Hause reiste, fand ich einen Grund, das Vorhaben zu verschieben. Vielleicht hatte ich Angst, dass Molly etwas entdecken würde, sobald sie meine Mutter kennenlernte. Dass sie mir auf die Schliche käme.

35.

An den Tagen vor unseren Spaziergängen schrieb mir M. immer nur eine E-Mail, um Zeit und Treffpunkt zu vereinbaren, und es war, als wären diese E-Mails in einer völlig anderen Sprache verfasst. Vielleicht wollte er unsere zwei Gesprächsebenen auseinanderhalten oder warten, bis wir persönlich sprechen konnten und die gesparte Zeit für seine Arbeit nutzen. Er deutete nie an, dass er keine Zeit hatte, mir zu schreiben oder dass er sehr viel beschäftigter war als ich. Aber das konnte ich an den Tagen und Uhrzeiten ablesen, die er für unsere Spaziergänge vorschlug (niemals dienstags oder donnerstags, immer am späten Nachmittag).

Und vielleicht zog ich unsere schriftliche Freundschaft unseren Spaziergängen wegen ihrer vielfältigen Themen und ihrer Direktheit vor. »Hören Sie sich das an!«

Aber auch wenn ich die E-Mails lieber mochte, strahlte ich auf unseren Spaziergängen.

Ein sehr großer Teil der Textur einer Beziehung geht verloren, wenn sie in eine Geschichte gepresst wird – all die Gefühle, die in der Stille zwischen den Wörtern liegen. (Als wir von Moda in die neue Wohnung zogen, kletterte ich nachmittags ins Bett meiner Mutter, während sie dort lag und an die Decke sah. Nach einer Weile legte ich meine Hand auf ihre Schulter. Sie bewegte sich nicht und sagte auch nichts. Ich streckte meinen Arm über ihre Brust, bis ich ihre andere Schulter greifen konnte. Ich versuchte, nicht zu fest zu drücken, um sie nicht zu ermüden. Meine Mutter hielt still, aber ich bildete mir ein, ihre wortlose Anerkennung zu spüren.

Aber manchmal, manchmal, ohne den Blick von der Decke zu lösen, schob sie ihr Bein zu mir rüber, sodass ihr Knie meins leicht berührte.)

Die Zeit, in der ich mit M. befreundet war, bestand nicht nur aus Worten. Da war noch etwas anderes, etwas Besonderes, das mit der Zeit verschwinden würde, wenn ich meine Erinnerungen nicht so wahrheitsgetreu wie möglich festhielte.

In meinem Zimmer in Paris hing ein kleiner, gesprungener Spiegel über dem Waschbecken, und ich stand immer lange davor, bevor ich zu meinen Treffen mit M. aufbrach. Seit meiner Ankunft in der Stadt war mir mein Haar, das mein ganzes Leben lang kurz und jungenhaft gewesen war, bis zum Kinn gewachsen und hatte mein

Gesicht verschluckt. Ich fand, dass ich blass aussah und dass meine Augen dunkel und unbarmherzig hervorstachen. Manche Menschen finden dieses Detail attraktiv an mir. Luke bezeichnete es einmal als geheimnisvoll. Ich widersprach zwar nicht, fand mich aber in dem Kompliment nicht wieder – falls es überhaupt ein Kompliment gewesen war. Ich hatte das Gefühl, dass er damit etwas anderes hatte ausdrücken wollen. Aber immer, wenn ich mit M. spazieren ging, hatte ich das Gefühl, dass meine Züge weicher und normaler wurden, fast angenehm.

Und noch etwas: Je schöner ich mich fühlte, desto älter wurde M. Ich schien vor Leben und Jugend nur so zu sprühen, selbst wenn ich meinen Blick gesenkt hielt. M. dagegen alterte. Das passendste Adjektiv, das mir jetzt für ihn einfällt, ist »stotternd«. Wann immer wir uns an unserem Treffpunkt wiedersahen, machte M. einen panischen Eindruck, und ich hatte Angst, dass er stolpern könnte, wenn er seine Hand aus der Tasche zog und zum Gruß erhob. Und dann liefen wir los, ich richtete meinen Blick gen Boden und fühlte mich neben diesem Mann, der mir jedes Mal wieder wie ein Fremder erschien, schüchtern, nervös und dennoch schön.

Doch normalerweise geschah irgendetwas, das seine Zögerlichkeit verschwinden ließ. Beispielsweise erzählte er mir etwas über Istanbul, das ich vorher nicht gewusst hatte. Oder er suchte sich ein Detail aus einer meiner

E-Mails aus und sagte mir, dass ich es in meinen Roman einbauen solle. Oder er sah einfach nur auf seine Uhr und sagte, dass er jetzt losmüsse. Egal, was es war: Plötzlich sah ich M. mit seinem vollen Namen, dem Namen des Autors, und er war nicht mehr länger der stotternde Mann, neben dem ich voller Selbstbewusstsein laufen konnte.

36.

Als ich auf der Mittelschule war, begannen die Tanten, zu einem wöchentlichen Sufi-Treffen in Saniyes Wohnung einzuladen. Zu diesen Treffen versammelte sich die Nachbarschaft und hörte einer älteren Dame zu, die Sultan genannt wurde, als sei jeder andere, weltlichere Name eine Beleidigung für ihre Weisheit. Für mich wäre es einfacher gewesen, Sultans Weisheit anzuerkennen, wenn sie einen Schleier oder eine Gebetskette getragen oder sich wenigstens so verhalten hätte, wie spirituelle Menschen es taten – wenn sie ihre Augen geschlossen oder sich in ihrem Stuhl vor- und zurückgewiegt hätte beispielsweise. Stattdessen trug sie ganz normale Oberteile und Hosen und drapierte vor den Treffen ohne jegliches Ritual ein Baumwolltuch um ihren Kopf. Aber sie hatte silberne Haare und hellgrüne Augen, und man erzählte sich, dass sie im Traum den Segen Abdülkâdir Geylânîs erhalten habe.

Einmal fragte ich die Tanten, was genau das für ein Traum gewesen sei, und Asuman erzählte mir, dass Geylânî Sultan seine Hand gegeben und ihr Herz und ihre Seele gleichzeitig berührt habe, was mir nicht wirklich mehr Klarheit brachte. Asuman sagte, solche Träume seien wie eine Brücke zwischen zwei Welten und brächten sie einander näher, sodass die Seele danach in beiden Welten gleichzeitig wandeln könne.

»Unsere Sultan ist etwas ganz Besonderes«, fügte Saniye hinzu. »Sie kann dir Dinge erklären, über die deine Mutter nicht mit dir reden kann.«

Aber die Sufi-Treffen unterschieden sich nicht großartig von den Teepartys, die meine Großmutter für die Frauen von Aldere gegeben hatte. Die Frauen aus der Nachbarschaft wetteiferten mit Sandkuchen, Keksen, gefüllten Weinblättern und Käsegebäck darum, Sultan zu verköstigen. Während sie auf Sultans Ankunft warteten, tauschten sie die Rezepte aus, achteten aber penibel darauf, nicht die Zutaten von Sultans Lieblingsgerichten zu verraten.

Die Treffen wurden als »Gespräche« bezeichnet, und ich hatte das Gefühl, dass dieser Titel, genau wie Sultans Traum, zwei verschiedene Welten miteinander verband und sich auf Gespräche mit unsichtbaren Wesen bezog.

Die Gespräche begannen mit der Deutung von Träumen. Alle, die regelmäßig an den Treffen teilnahmen, wussten, wie man Träume auf Sufi-Art deutete. Selbst ich wusste, dass Berührungen den Austausch von Wissen symbolisierten und Wasser Reinheit bedeutete. Einige flochten eindeutige Zeichen von Weisheit in ihre Träume ein – Pfauen, Trauben, Rosen –, um in Sultans Ansehen zu steigen. Andere waren so erpicht darauf, Hinweise zur Erleuchtung aus ihren Träumen zu erhalten, dass sie den alltäglichsten Objekten spirituelle Bedeutung beimaßen. In den zweitklassigen Zeitungen, die ich mit Freuden las, wann immer wir die Tanten besuchten, standen zahlreiche solcher Listen, die Autos, Stoffen, Tieren und Haushaltsgegenständen, wie Sieben, Tischdecken oder Zahnpasta, religiöse Interpretationsmöglichkeiten zuordneten. Einige dieser Objekte hatten offensichtliche Bedeutungen – Autos standen natürlich für Reisen –, andere waren nicht so eindeutig: Zahnpasta wies aus irgendeinem Grund auf mangelnde Unterstützung der engsten Familienmitglieder hin.

Doch Sultan konnte über solche haarspalterischen Deutungen nur den Kopf schütteln und erinnerte die Gruppe daran, dass Träume nicht der Unterhaltung dienten. Sie sagte, dass wir die Träume mit unserem tiefsten Herzen deuten müssten, da wir nur damit ihre wahre Bedeutung erkennen würden.

Als sie das sagte, hatte ich das unangenehme Gefühl, dass mir etwas entging, etwas, das ich nur hören könnte, wenn ich ehrlich mit mir selbst war. Wenn ich tapfer genug war.

Meine Mutter blieb bei diesen Treffen nie lang im Raum. Sie ging in die Küche, um Tee zu kochen oder dort am Fenster zu rauchen und auf den Platz hinauszusehen. Immer wenn sie den Raum verließ, hatte ich ein schlechtes Gewissen, weil ich den Ausführungen interessiert zugehört hatte, und folgte ihr kurz darauf.

»Was ist los?«, fragte sie dann. »Ich dachte, du hättest Spaß.«

Ich zuckte mit den Schultern und tat so, als würde ich mich langweilen.

Wir gingen oft, bevor die Treffen vorbei waren und winkten den Tanten von der Tür aus zu. Ich schämte mich, wenn Sultan dann das laufende Gespräch unterbrach und sagte, dass sie hoffe, uns öfter zu sehen. Meine Mutter dankte ihr und sagte etwas Angemessenes wie »So Gott will«. Ich war überrascht von ihrer Etikette.

Sobald wir aus dem Haus waren und über den Platz liefen, sagte sie: »Das war genügend Geschwätz für ein ganzes Jahr.«

Doch immer kamen wir in der darauffolgenden Woche wieder, und ich setzte mich nach vorn, und meine Mutter ging nach einiger Zeit in die Küche.

Vielleicht wollte sie, dass ich von gutgelaunten Frauen umgeben war, die die nicht greifbare Welt auseinandernahmen und ohne viel Aufhebens wieder zusammensetzten.

37.

Doch das ist nicht alles. Es gab Dinge, die meine Mutter über alles liebte. Sie zählte die Schauspieler und Titel von Western auf, die sie sonntags mit Akif Amca geschaut hatte. »The Lonesome Trail«, »Über den Todespaß«, »Ein Mann liebt gefährlich«. Wenn sie solche Dinge aufzählte, war sie genauso abwesend, wie wenn sie Zigaretten rauchte. Ihr Blick war in die Ferne gerichtet, als würde sie sich an den weit entfernten Schauplätzen dieser Filme befinden.

Die Filmtitel ließen eine strahlend helle und weite Welt vor meinem inneren Auge entstehen, in der es eine eindeutige Grenze zwischen Gut und Böse gab. Die einzelgängerischen Helden von Filmen wie »Einer gegen Alle« oder »Sein Colt war schneller« verließen sich ganz auf ihre innere Kraft, wenn sie vor Herausforderungen standen.

Meine Mutter erinnerte sich noch an den Lieblingsfilm und -schauspieler von Akif Amca (»Der Mann aus dem Westen« und Gary Cooper) und daran, welche Szenen er am meisten gemocht hatte – die, in denen die Helden das Chaos triumphierend hinter sich ließen. Ein- oder zweimal, als sie aus dem Kino kamen, hatte meine Mutter sich über die unrealistische Handlung und das übertriebene Ende des Films beklagt. Doch Akif Amca hatte ihr gesagt, dass er sich ganz sicher sei, dass das Leben auch voller überraschender Wendungen stecke und dass die Filme das echte Leben wahrheitsgetreu abbilden würden.

Meine Mutter gab mir diese Worte weiter, wann immer wir an Wochenendnachmittagen die Wohnung nicht verließen und uns einen Western ansahen.

»So ist das Leben, Nunu. Das hat Akif Amca immer gesagt.«

Ich bin mir sicher, dass sie das nicht wirklich geglaubt hat, aber ich glaube, sie wollte, dass ich seine Worte höre, in der Hoffnung, dass sie in meinem Leben ein Zuhause finden würden.

38.

Ich entdeckte die Themen meiner Gespräche mit M. überall wieder – in den Büchern, die ich las, in den Gesprächen der anderen Leute im Café du Coin, in den Dingen, die ich auf meinen Spaziergängen sah. Es war, als hätte sich die Welt zu einem Netz aus Zeichen und Symbolen verdichtet. Wie beim Verliebtsein. Aber damals hätte ich das nicht so ausgedrückt.

Diese Zufälle waren zwar Zufälle, aber dennoch unterhaltsam. Einmal schrieb M. mir, dass er Tauben sehr gern möge. Diese Stadtvögel mit ihrem trostlos gefärbten Gefieder und ihren krummen Klauen würden zu Tausenden unter uns leben und ihn stets melancholisch machen. Am selben Nachmittag kam ich auf meinem Weg nach Les Halles an den Fischständen der Rue Montorgueil vorbei und bemerkte die Taubenscharen, die unter den Ständen auf dem nassen Gehweg umherliefen. Ich fand, dass M.s Mitleid mit diesen unscheinbaren

Kreaturen typisch für seine Sicht der Welt war, ähnlich wie der Besuch der Judasbäume im Jardin du Luxembourg bei unserem ersten richtigen Treffen. Vor diesem Treffen hatte ich gedacht, dass er nur einen Grund für einen Spaziergang haben wollte, aber später wurde mir klar, dass es M. ernst gewesen war. Wenn er bedauernswerte Dinge sah, ging ihm das Herz auf. Ich hatte Angst, dass auch ich so ein bedauernswertes Ding war. Nachdem ich von der Rue Montorgueil abgebogen war, kam ich an dem Schaufenster einer Naturkunde-Buchhandlung vorbei, das normalerweise voller Bücher über Muscheln, Edelsteinen und Palmen stand, jetzt aber komplett mit Postern mit Taubenmotiven dekoriert war.

Andere Zufälle waren seltsamer. Einmal erzählte ich M., dass meine Mutter Western geliebt hätte, wegen der Erinnerungen an Akif Amca. Ich sagte, dass sich für meine Mutter unter den Landschaften von Aldere, in denen sie ihre Kindheit verbracht hatte, die weiten Landschaften des Wilden Westens befunden hatten, obwohl sie die nur aus den Filmen kannte. Ich glaubte diese Worte nicht wirklich, aber mir gefiel die Beschreibung. Ich erzählte auch, dass mir Western zwar nicht sonderlich gefielen, ich aber mit meiner Mutter viele gesehen hätte und überraschte M. mit meinem Wissen über Titel, Schauspielerinnen und Schauspieler und Zitate.

»Sie sollten diese Geschichte aufschreiben«, sagte M.

»Welche?«

»Die eines jungen Mädchens aus einem thrakischen Dorf, das von Cowboys etwas über das Leben lernt.«

Einige Minuten später liefen wir an einem Kino vorbei, an dessen Eingang ein Poster für einen Western hing. Während wir noch über diesen Zufall lachten, bemerkten wir, dass die Nachnamen der beiden Filmstars auf dem Plakat zusammen M.s Namen ergaben.

»Vielleicht heißt das, dass ich diese Geschichte schreiben muss«, sagte M.

Obwohl ich wusste, dass diese Zufälle weder Wunder noch Omen waren, sondern einfach nur das Ergebnis eines aufmerksamen Blicks auf die Welt und der Suche nach Verbindungen, erstaunten sie mich.

Für M. waren diese Momente lediglich ein Zeichen dafür, dass wir und unsere Umgebung im Einklang waren. Er sagte mir einmal, dass er das Gefühl, diese uns über Zeit und Raum verbindenden, unsichtbaren Fäden wahrnehmen zu können, normalerweise nur tief im Schreibfluss hatte.

»Klingt ganz wie etwas, das ein Kristalljunkie sagen würde«, sagte ich.

»Nun, ich fürchte, ich muss Ihnen etwas beichten …«, sagte M.

Wir saßen gerade auf einer Bank auf dem Place Dauphine. Wir hatten den ganzen Tag noch nichts gegessen, doch es war schon zu spät, um zu unserem Bistro zu gehen. M. hatte für den Abend eine Einladung zu einer Veranstaltung, die, wenn man seinen Worten Glauben schenken durfte, eine Zusammenkunft aller alten Spinner von Paris war.

Er liebte diesen Ausdruck – »alte Spinner« – und nutzte ihn oft, um über sich selbst und andere zu reden. Ich weiß allerdings nicht, was genau all diese Leute zu Spinnern machte.

»Es gibt so viele alte Spinner«, sagte er. »Sie spinnen die ganze Zeit nur rum und werden von Tag zu Tag älter.«

Jetzt scheint es mir so, als hätte er diesen Ausdruck nicht als Herabsetzung seiner selbst, sondern aus Mitgefühl genutzt, um seine Bekanntschaften und sein restliches Leben herunterzuspielen. Er muss gewusst haben, dass ich in dieser Stadt nur ihn hatte.

Ich nahm einen Apfel aus meiner Tasche, biss hinein und wischte mir den Saft, der mir am Kinn herablief, mit der Hand ab. Ich merkte, dass M. mich beobachtete und lächelte.

Es war plötzlich Abend geworden, und M. steckte seine Hände tief in die Taschen, wie er es oft tat, wenn er bald aufbrechen wollte. Dann stand er auf und zog eine Hand wieder aus der Tasche heraus. Doch anstatt mir wie sonst zu winken, hielt er sie mir entgegen, als wolle er mir etwas geben, das sich zwischen seinem Daumen und seinem Zeigefinger befand.

»Ich werde auf meinem Weg durch die Stadt unseren unsichtbaren Faden abrollen«, erklärte er. »Gut festhalten.«

Seitdem frage ich mich, welche unsichtbare Verbindung er auf seinem Weg hergestellt hat, nachdem er mich mit meinem Apfel hat sitzen lassen.

39.

Im Studium belegte ich einen Sufismus-Kurs von einem englischen Professor, der einige Zeit bei einer Sufi-Gruppe in Bulgarien verbracht hatte. Ich hatte mehrere Kurse zu Themen gewählt, die mir vertraut waren, zum Beispiel zur Geschichte des Osmanischen Reichs oder zu nahöstlicher Politik. Ich schrieb mich in der Hoffnung auf eine leicht zu verdienende gute Note für sie ein, als Erholung von den anspruchsvolleren Fächern, und anfangs ging diese Hoffnung auf. Aber ich bemerkte bald, dass allem, was ich in diesen Kursen sagte, besondere Aufmerksamkeit geschenkt wurde, als wäre ich eine Gastdozentin. Die anderen Leute in meinem Kurs suchten während schwieriger Diskussionen meinen Blick, und Dozierende baten mich um meine Sicht der Dinge. Letzten Endes bereitete ich mich auf diese Kurse am meisten vor, um mein Bild als Expertin aufrechtzuerhalten. Und diese unerwartete Aufmerksamkeit führte bei mir zu einer Art Entschlossenheit oder Selbstgefälligkeit, als wäre es nur recht, dass diese Kurse mir gehörten.

Am ersten Tag des Sufismus-Kurses stellten wir uns der Reihe nach vor, und ich erklärte, dass ich zum Istanbuler Sufi-Orden Abdülkâdir Geylânîs gehöre. Ich war überrascht, wie leicht mir diese Worte über die Lippen kamen. Mir war bewusst, dass ich übertrieb. Und wie exotisch es klang.

Immer, wenn ich dem Professor auf dem Campus über den Weg lief, strahlte er mich an und begann ein Gespräch mit mir. Als er in einem Jahr erfuhr, dass ich über Weihnachten nicht nach Istanbul reisen würde, lud er mich zu sich nach Hause ein. Seiner Frau stellte er mich als Anhängerin Geylânîs vor.

Sein Haus war vollgestopft mit Teppichen und persischen Miniaturen. Seine Frau zeigte mir das blaue Porzellan, das sie während ihrer Türkei-Aufenthalte gekauft hatten. Ich weiß noch, dass sie irgendetwas gekocht hatte, das mir unpassend erschien – vielleicht eine Tajine mit getrockneten Früchten. Und es gab Tee zum Essen. Ich glaube, sie wollten mich und meine Sufi-Erziehung nicht mit Alkohol in Verlegenheit bringen.

Am Ende meines zweiten Jahrs bat mich der Professor, ihm bei einem Forschungsprojekt zu helfen. Ich sagte schnell zu und den geplanten Besuch bei meiner Mutter ab. Ich genoss es, ein anderer Mensch zu sein, weit weg von Istanbul. Ich hatte gelernt, dass diese fiktionale Version von mir eine Art Zauber auf die Leute um mich herum auszuüben schien.

Ich erzählte meiner Mutter, dass ich in der vorlesungsfreien Zeit arbeiten müsse. Sie hatte keine Einwände, und ich redete mir ein, dass es ihr nichts ausmachen würde. Molly hatte ich immer gesagt, dass meine Mutter ihre Unabhängigkeit sehr schätzen würde und dass ihr ihre Arbeit und ihre Routine sehr wichtig seien.

»Wahrscheinlich hat sie genug mit ihrer eigenen Lektüre zu tun«, sagte ich und beschwor vor meinem inneren Auge das Bild einer in Bücherbergen versunkenen Exzentrikerin herauf.

»Du hast so ein Glück«, sagte Molly. »Meine Eltern würden die Polizei rufen oder so, wenn ich mich mal zwei Tage lang nicht bei ihnen melde.«

In meiner Abwesenheit hatte meine Mutter mein Zimmer gestrichen und neue Bücherregale aufgestellt. Sie hatte mich am Telefon gefragt, welches Holz ich gerne hätte und ob ich einen neuen Schreibtisch wolle.

Als ich während der nächsten Semesterferien nach Istanbul reiste, verbrachte ich den Großteil meiner Zeit außerhalb der Wohnung. Ich traf mich mit meinen Schulfreundinnen Selin, Ezgi und Defne, die ebenfalls aus dem Ausland angereist waren, um ihre Ferien in Istanbul zu verbringen. Aufgeregt verglichen wir unsere Leben, besprachen neue Ideen und Interessen. Wir erkundeten die Altstadt und sahen sie zum ersten Mal mit jenem Interesse, das wir im Ausland erlebten. Wir gingen zum Großen Basar, um touristischen Schnickschnack als Mitbringsel zu kaufen: Nazar-Amulette gegen den bösen Blick, Töpferwaren, Backgammonbretter. Unsere neuen Identitäten und die Möglichkeit, sie in jede von uns gewünschte Form zu verwandeln, beflügelten uns.

Während dieses Aufenthalts besuchte ich auch die Tanten und ging zu Sultans Treffen, obwohl meine Mutter schon während meiner Schulzeit aufgehört hatte, dorthin zu gehen. Ich blieb noch, nachdem alle gegangen waren, und stellte Sultan Fragen über die Geschichte des Ordens und zum angemessenen Verhalten einer Anhängerin, in der Hoffnung, später an der Universität neue Informationen präsentieren zu können. Sultan war damals schon sehr alt und hatte ein schlechtes Gedächtnis. Sie sprach langsam, wiederholte sich, und ihre Ausführungen drehten sich immer wieder im Kreis. Ihre Antworten waren vage. Sie sagte, dass Genauigkeit nicht so wichtig sei wie der Wille, den Pfad zu befolgen. Über ihre Jugend in Kanlıca, ihre Europareisen und das Haus ihrer Eltern an der Schwarzmeerküste sprach sie hingegen gerne.

Manchmal übernachtete ich auch bei den Tanten, sehr zu ihrer Freude.

»Nunu will endlich mal was Richtiges essen«, richteten sie meiner Mutter am Telefon aus. »Ihre Tanten werden diesem armen Mädchen ein Festmahl kochen.«

Wenn ich nach Hause kam, ging ich direkt in mein Zimmer. Ich lief nur durch die Wohnung, wenn meine Mutter im Schlafzimmer war. Ich verließ die Wohnung frühmorgens und rief aus dem Flur, dass ich mich auf den Weg machen würde, ohne groß auf eine Reaktion meiner Mutter zu warten, bevor ich ging.

»Hast du Lust, in Yeniköy Fisch essen zu gehen?«, fragte sie eilig. »Sollen wir morgen entspannt zusammen frühstücken?«

Ich sagte ihr, dass ich mich mit meinen Freundinnen treffen würde. Manchmal zuckte ich auch einfach mit den Schultern.

Es war nicht so, als hätte ich mir vorgenommen, mich so zu benehmen, doch als ich einmal damit angefangen hatte, hatte ich das Gefühl, dass die Stille endlos war. Es war eine andere Stille als die Stille meiner Kindheit. Sie nahm immer größere Ausmaße an, diese gemeine Seite, die ich nie an mir gekannt hatte.

40.

Wir trafen uns immer an unserem Treffpunkt – dem Ausgang der Metrostation am Jardin du Luxembourg –, und immer fragte M., ob ich ein bestimmtes Ziel für unseren Spaziergang auserkoren hätte. Normalerweise verneinte ich, und wir liefen einfach los. M. machten Regen und Kälte nichts aus. Er trug immer dieselbe dunkelgrüne Jacke, die sich jedem Wetter anzupassen schien. Oft gingen wir in den Park hinein, schlenderten die Außenrunde entlang, entschieden uns mal für diesen, mal für jenen Weg, sahen uns die Bienenstöcke, die Mauern des Senats, den Springbrunnen oder die im Kreis angeordneten Marmorstatuen von Königinnen an, über deren kryptische und subtile Gesichtsausdrücke wir bei mehreren Gelegenheiten diskutierten. Es war nicht eindeutig zu sagen, ob sie zufrieden oder leidend dreinschauten. (»Manchmal«, schrieb M. mir, »kann ich beim Schreiben Sorge und Freude nicht voneinander unterscheiden.« Sofort erkannte ich die Wahrheit in dieser Aussage.)

Wenn ich zu früh war, ging ich manchmal schon in den Park. Ich wusste, dass ich M. dort finden würde, auf einem Stuhl am Springbrunnen sitzend. Er bemerkte mich nie. Er war über sein Notizbuch gebeugt, und obwohl wir nur E-Mails schrieben, stellte ich mir vor, dass er an mich schrieb.

Ihn aus der Ferne zu sehen hatte eine gewisse Vertrautheit. Seine grüne Jacke, seine langen, überschlagenen Beine und sein nachdenkliches Stirnrunzeln. Er sah gleichzeitig wie ein alter Mann und wie ein Junge aus, und aus der Ferne hatte ich das Gefühl, ihn in seiner Gesamtheit erfassen zu können. Nach einiger Zeit drehte ich mich um und ging zu unserem Treffpunkt, um dort auf ihn zu warten. Kurz darauf erschien er dann auf der anderen Straßenseite und erhob seine Hand zum Gruß.

An manchen Tagen liefen wir die Rue de Seine oder die Rue Bonaparte runter in Richtung Fluss. Wir kamen an Schaufenstern von trubeligen Cafés, Kunstgalerien, Läden voller Landkarten und an Patisserien vorbei, die – da waren wir uns einig – alle schöner aussahen, wenn man sie aus der Ferne und nicht zu lange betrachtete. Sie ließen das Viertel unangetastet wirken und erhielten eine Atmosphäre endloser Möglichkeiten aufrecht. Bevor wir die heile Welt von Saint-Germain verließen, machte M. mich auf einen Buchladen aufmerksam, den er wegen seiner spezialisierten Auswahl zum Thema Bergsport liebte. Er gab zu, dass er noch nie in dem Laden gewesen war und dass ihn das Thema auch nicht sonderlich interessierte, aber er meinte, er würde sich trotzdem über den Laden freuen. In seiner Begeisterung für eigentümliche Orte erinnerte er mich an einen Anthropologen oder einen Buchhalter. Ich konnte mich nie für eine der beiden Optionen entscheiden, weil ich nie herausfand, was genau hinter M.s Faszination steckte. Manchmal stellte ich mir vor, sie wäre ein Ausdruck seines Kummers oder der Wunsch, im Verschwinden begriffene Dinge zu schützen und zu erhalten. Dann wieder dachte ich, seine Faszination wäre lediglich ein mühsamer Sammelzwang.

»Da ist er«, sagte M. jedes Mal, wenn wir an dem Buchladen vorbeikamen. »Es freut mich, dass jemand so einen Ort geschaffen hat.«

Er sagte es jedes Mal in demselben Tonfall, als würde er die Freude zum ersten Mal erleben. Dann, eines Nachmittags, fügte er hinzu: »Sie sagen mir nie, dass ich Ihnen das schon mal gesagt habe. Sie sind zu nett zu mir altem Spinner.«

»Ich weiß eben, dass Sie den Laden mögen«, sagte ich.

Ich wusste auch, dass manche Dinge sich nicht mit einer einzigen Erwähnung zufriedengaben.

Sobald wir den Fluss erreichten, stiegen wir die Stufen zum Wasser hinunter und liefen neben den Pappeln bis zu den geflügelten Pferden an der Pont Alexandre III. Dann drehten wir um und liefen zurück bis zu der Stelle, an der wir die Stufen hinabgestiegen waren. Oft besuchten wir den Blumenmarkt auf der Île de la Cité, gingen die zwei kurzen Gänge mehrmals auf und ab und genossen die Gesellschaft von Topfpalmen, Kamelien und Oliven. Auf unserem Weg herunter von der Insel gingen wir in Richtung Châtelet, sodass wir an der sternenbesetzten blau-goldenen Uhr der Conciergerie vorbeikamen, an der einer von uns beiden unweigerlich etwas zur »Erfindung der Mitternacht« sagen würde.

M. machte es nichts aus, dass wir immer dieselben Wege gingen, genau wie Kinder nicht müde werden, ihre Lieblingsgeschichte zu hören. Ich war erstaunt, dass wir immer im schönsten Teil der Stadt spazieren gingen, in dem fast schon klischeehaften Teil. Wenn ich die Strecken unserer Spaziergänge ausgewählt hätte, hätte ich diesen Stadtteil für besondere Anlässe aufgehoben, so wie man Hochzeitsgeschirr und Seidenkleider aufhebt. Aber M. wollte sich diese Schönheit nicht aufsparen. Er integrierte sie voll und ganz in seinen Alltag und teilte sie großzügig mit anderen.

Wir gingen in Museen wie in Gassen, die von einer Hauptstraße abbiegen. Unsere Besuche waren völlig ungeplant, und wir liefen durch die Ausstellungen, als wären es normale Straßenzüge. Wir blieben so gut wie nie stehen, nur wenn etwas unsere Aufmerksamkeit erregte.

In kleinen, städtischen Museen war M. aufmerksamer als in den großen mit ihren Menschenmassen. Er sah sich meist schnell um und gab hin und wieder ein kleines Geräusch von sich, das Anerkennung oder Überraschung ausdrücken sollte.

»Beeindruckend«, sagte er manchmal zwischendurch. Er wartete danach nicht auf eine Reaktion meinerseits, sondern lief einfach weiter und nahm den Faden unseres Gesprächs wieder auf.

Jetzt wundert es mich noch mehr, dass M. und ich uns so mit Schönheit hatten umgeben können, ohne sie wirklich zu beachten. Irgendwie haben wir immer die Regeln gebrochen und die Dinge anders gemacht, als man sie machen sollte. Aber vielleicht sage ich das auch nur, weil das Leben in Istanbul jetzt kaum noch solche Freuden für mich bereithält.

41.

Selbst wenn wir keine Kraft mehr haben, die Zeitungen zu lesen, zu besorgt sind, um alle Möglichkeiten zu bedenken, wenn wir unsere Verluste nicht mehr zählen können, reden wir noch über den Taksim-Platz. Er ist das Klischee für sich verändernde Zeiten. Oder vielleicht ihr Symbolbild.

Es stimmt, dass der Platz nicht mehr wiederzuerkennen ist. Es gibt noch alte Schwarz-Weiß-Fotos, auf denen man sieht, wie die Straßenbahn im Winter durch das Schneegestöber der İstiklal Caddesi fährt und wie die Maronenverkäufer den Wagen hinterherblicken. Von Zeit zu Zeit tauchen solche Fotos in aufgebrachten Zeitungsartikeln auf, als wollten sie Salz in unsere Wunde streuen.

Manche wehren sich immer noch, um die letzten Überreste zu retten. Doch es ist einfacher, aufzugeben und nichts zu tun. Zu sagen: »Okay, nehmt auch das noch, nehmt es und macht damit, was ihr wollt. Nehmt alles und verändert es, bis es nicht mehr wiederzuerkennen ist.« In der Hoffnung, dass man in Frieden gelassen wird, selbst wenn sich dieser Frieden nur auf ein winziges Stück Land beschränkt.

Aber es ist zugegebenermaßen ein Schock, den Platz jetzt zu sehen – die İstiklal Caddesi hochzulaufen und auf den wüstengleichen Taksim-Platz zu treten. Und die ganzen Leute, die sich dort versammeln, all die Männer ohne Wurzeln, die Waisen der Stadt. Sie finden Trost an diesem namenlosen Ort, in dieser unförmigen Weite.

42.

Als ich aus England nach Istanbul zurückkehrte, um mich um meine Mutter zu kümmern, taten wir so, als würde ich einfach nur Urlaub machen und, sobald es ihr ein klein wenig besser ginge, nach Paris gehen und das Literaturstudium aufnehmen. Wir sprachen nicht über die vergangenen Jahre, darüber, wie lange ich nicht zu Hause gewesen war.

Ich hörte, wie sie mit Menschen telefonierte, die ich nicht kannte. Während meiner Abwesenheit hatte sie Freunde gefunden. Später kamen diese Freunde und brachten Essen oder Blumen.

»Nunu ist zu Besuch«, erzählte sie ihnen am Telefon. »Endlich sind wir wieder zusammen, in unserem kleinen Nest.«

Sie lauschte neugierig ihren Erzählungen, und auf ihrem Gesicht spiegelten sich Sorge und Überraschung. Sie nannte diese Freunde »Schätzchen« oder »Liebes«. Ich weiß nicht, wann meine Mutter begonnen hatte, sich zu verändern. Sich in eine der Mütter von Mädchen zu verwandeln, die ich früher gekannt hatte.

»Du kannst diese Zeit genauso gut nutzen«, sagte sie zu mir. »Jetzt, wo du schon mal hier bist. Es gibt so viel Neues in der Stadt zu entdecken.«

Zu dem Zeitpunkt waren wir noch vorsichtig miteinander.

Jeden Tag ging ich für eine Weile aus dem Haus. Dieses Mal jedoch nicht, um ihr zu entkommen, wie bei meinen früheren Besuchen, sondern um ihr einen Gefallen zu tun, um so zu tun, als wäre sie nicht so krank, wie sie war. Außerdem gab es in jenen Tagen, abgesehen vom Haushalt und der Anteilnahme an ihren Schmerzen, nur wenig, das ich für sie tun konnte.

Morgens ging ich in den Supermarkt, um für das Mittagessen einzukaufen oder einfach nur durch die Gänge zu schlendern. Danach setzte ich mich auf eine Parkbank, um zu lesen und eine angemessene Zeit verstreichen zu lassen, bevor ich nach Hause zurückkehrte.

Ein- oder zweimal sagte ich meiner Mutter, dass ich mich mit meinen Freundinnen Selin, Ezgi und Defne getroffen hätte und erzählte ihr, was es bei ihnen Neues gab. Tatsächlich verspürte ich nicht mehr das Bedürfnis, diese Freundinnen zu sehen, die sich jetzt, nach dem Auslandsstudium, in Istanbul niedergelassen und

Ziele und Anreize vor Augen hatten. Zwei von ihnen waren verlobt. Sie hatten spannende und ambitionierte Jobs. Ich stellte mir vor, wie sie mich fragten, was es bei mir Neues gebe. Ich hätte ihnen nichts berichten können.

Meine Mutter hörte immer aufmerksam zu, wenn ich von meinen Freundinnen erzählte, und auch davon war ich überrascht. Während meiner Zeit an der Oberschule hatte sie nur wenig über diese Mädchen und unsere unkomplizierten Freundschaften gewusst, die sich auf gelegentliche Ausflüge in die Stadt und Besuche bei ihnen zu Hause beschränkt hatten. Zu uns hatte ich sie nie eingeladen.

Ein paarmal hatte ich bei ihnen übernachtet, und ich weiß noch, wie die Mütter uns Gebäck und Kuchen anboten oder uns Pizza bestellen ließen. Sie setzten sich für eine Weile zu uns und verabschiedeten sich, sobald wir anfingen, über die kleinsten Dinge hysterisch zu kichern. Wenn es an der Zeit war, kamen sie noch mal ins Zimmer, um uns Bescheid zu sagen, dass sie sich nun hinlegen würden. Wir saßen noch auf dem Boden, hörten Musik oder blätterten in Zeitschriften.

Einmal kam Selins Mutter rein und schnipste im Rhythmus der Musik mit den Fingern.

»Mama, was machst du denn da?«, fragte Selin. Sie stand auf, um sie zu umarmen. »Sie wäre so gerne cool.«

Als ich meinen Abschluss machte, drängten die Tanten meine Mutter dazu, meine Freundinnen zum Mittagessen einzuladen.

»Aber würde Nunu das wirklich wollen?«, fragte meine Mutter, und ich antwortete, dass ich das nicht wollen würde. Die Vorstellung, dass meine Freundinnen mein Leben zu Hause sehen würden, behagte mir nicht. Schließlich organisierten die Tanten das Mittagessen selbst und luden den Großteil meiner Klasse ein. Damals war es in, sich in Tophane zu treffen und Wasserpfeife zu rauchen oder auf dem Fischmarkt in Kadıköy ein Bier zu trinken und Pommes zu essen. Die anderen aus meiner Klasse fanden es sicher merkwürdig, sich bei einer Großtante zu treffen, sich an einen Tisch mit Spitzendeckchen zu setzten und Fanta aus Kristallgläsern zu trinken. Aber das war mir egal. Mir gefiel diese uncoole Gewöhnlichkeit sogar.

Als ich nach dem Essen nach Hause kam, erstattete ich meiner Mutter Bericht und übertrieb bei der Beschreibung, wie viel Mühe sich die Tanten gegeben hatten. Ich sagte ihr, dass es eins der nettesten Dinge gewesen sei, die jemals jemand für mich getan hatte.

Auch ich konnte verletzend sein. So versteckt, dass kaum jemand es bemerkt hätte.

»Mir war nicht klar, dass du Spaß an so was hast«, sagte meine Mutter. »Ich dachte, dass du und deine Freundinnen lieber unter euch seid.«

43.

Als ich nach der Zeit in Paris endgültig nach Istanbul zurückkehrte, waren andere gerade dabei, die Stadt zu verlassen. Ich hatte Kontakt zu einigen Leuten aus der Schule, die mir erzählten, dass sie sich darauf vorbereiteten, auszuwandern oder zumindest nach einer Möglichkeit suchten, das zu tun.

»Wir gehen weg«, sagten sie. »Hier kann man nicht leben.«

Es schmerzte mich, sie so über die Stadt reden zu hören.

Die gefährliche Stadt, die anstrengende Stadt, die ungewisse Stadt.

Unser Istanbul hatte sich in einen Ort verwandelt, an dem niemand leben wollte.

Sie waren verheiratet, einige hatten Kinder, ihre Karrieren wogten im neuen politischen Klima mal auf, mal ab. Sie waren traurig, dass es so weit gekommen war, aber sie mussten an ihre Zukunft denken. In Istanbul, so sagten sie, wisse man nie, was als Nächstes passieren würde.

Und damit hatten sie recht.

44.

Hier noch etwas, das M. mir irgendwann einmal schrieb. Ich las den Satz viele Male: »Ich glaube nicht, dass ich dieser Geschichten jemals überdrüssig werde.«

Ich schrieb ihm zurück, dass ich die Herausforderung annahm.

(Nur um das klarzustellen: Seine Worte freuten mich. Aber inzwischen ist mir klar, dass ich damals die Angewohnheit hatte, solche Momente einfach wegzuschieben und die Freude nicht zu genießen.)

»Das sollte keine Herausforderung sein«, schrieb M. »Nur eine ehrliche Beobachtung.«

In meinem Notizbuch führte ich eine Liste mit Sachen, von denen ich ihm berichten wollte. Wie die Verkäuferin ihr Ohrläppchen berührte, um zu überprüfen, dass ihr Goldohrring noch da war; der Geruch der Metro, der aus den Gittern im Gehweg aufstieg; wie die alte

Dame im Café du Coin jeden Nachmittag beim Essen ihres Nachtischs eine schützende Hand über den Teller hielt, als hätte sie Angst, dass jemand ihn ihr wegnehmen könnte.

Wie M. erstellte ich Listen mit Speisen, Filmen, Bäumen und ratterte sie ihm in derselben gleichgültigen Art runter, wie seine Erzähler es in seinen Büchern taten. So entwickelten die Menschen in meinen Geschichten – meine Mutter, die Tanten, ich selbst als Kind – ein Eigenleben und schlugen andere Pfade ein als ihre Gegenstücke in der echten Welt. M. war stets begeistert.

Doch ich hatte begonnen, mich zu fragen, wie lange ich diese Freundschaft mit ihren belanglosen Details aufrechterhalten konnte und wie lange M. sich an den Geschichten, die ich nach seinem stilistischen Vorbild schuf, erfreuen würde.

Ein paarmal trafen wir uns in der Nähe des Gare du Nord, und ich zeigte ihm ein paar Dinge in meinem Viertel – die Saint-Quentin-Markthalle, den efeuüberwachsenen Platz hinter dem Boulevard de Magenta –, damit ich über unseren Spaziergang bestimmen konnte. Ich ging mit M. in ein türkisches Restaurant in der Nähe der Porte Saint-Denis und gab unsere Bestellung auf Türkisch auf.

»Was für eine Bereicherung«, sagte M.

Während eines anderen Spaziergangs lenkte ich unseren Weg ins Café du Coin, als wären wir einfach darüber gestolpert. Dass ich dort wohnte, sagte ich ihm nicht.

»Ich mag es hier, weil es so schön ruhig ist«, erklärte ich.

M. merkte an, dass ich mich in diesem Viertel sehr gut auskennen würde.

Ich tat so, als sei ich mit dem jungen Kellner eng vertraut, und er sprang darauf an und strahlte. Er zwinkerte mir zu und fragte, ob »Mademoiselle« wieder eine heiße Schokolade zum Essen wünsche.

M. schien sich in einen anderen Menschen zu verwandeln, sobald ich mit Männern in meinem Alter interagierte. Vielleicht wirkte er trauriger. Oder als hätte er ein schlechtes Gewissen. Das vergrößerte meine Zuneigung zu ihm noch.

Doch manchmal sagte er etwas, mit dem er die ungeschriebenen Grenzen unserer Freundschaft übertrat, und dann war seine von mir so geliebte Schüchternheit verschwunden.

»Meine Frau hat Rosé auch geliebt«, kommentierte er eines Nachmittags, als wir in unserem Bistro aßen, meine Getränkewahl. »Und die Farbe des Weins hat hervorragend zu ihr gepasst.«

Ein anderes Mal, als ich die Straße überquert und wir unseren üblichen Gruß ausgetauscht hatten, sagte er, ohne zu stottern, dass ich toll aussehen würde.

»Aber ich bin bestimmt nicht der Erste, der das sagt«,

fügte er hinzu. »Jemand, der immer so toll aussieht, hört das sicher ständig.«

Doch solche Zwischenfälle kamen nur selten vor.

Eines Nachmittags liefen wir gerade an Notre-Dame vorbei in Richtung Blumenmarkt, als M. von unserem Weg abwich und ein Stück weit wegging, um die Kathedrale aus der Entfernung zu betrachten. Ihn beeindrucke die Harmonie ihrer Architektur, sagte er. Die Handwerker hätten stets das große Ganze im Sinn gehabt. Von links nach rechts zeigte er auf die Propheten, die Könige, die Apostel und das abgebildete Leben der Jungfrau Maria.

Bis dahin hatte ich die Vorderseite von Notre-Dame immer nur aus der Nähe betrachtet und die hunderten Steingesichter als gedrängt und chaotisch empfunden. Am nächsten Tag ging ich noch mal allein hin und nahm mir Zeit für die Fassade. Als wir das nächste Mal an der Kathedrale vorbeikamen, wies ich M. auf ein Blattdetail, die kräftigen Hände der Heiligen Anna, ein Marmorbuch mit unbeschriebenen Seiten und einen Eichenkranz hin.

Am Abend zählte M. in einer E-Mail all die Dinge auf, die ich ihm gezeigt hatte und schrieb: »Wenn man die Welt durch so aufnahmefähige Augen betrachtet, offenbaren sich einem Details, die man selbst bisher nicht wahrgenommen hat.« Doch ich sagte ihm weder damals noch zu irgendeinem anderen Zeitpunkt, dass er derjenige war, der mir etwas über die Betrachtung der Welt beigebracht hatte.

Manchmal war es anstrengend, diese Welten für M. im Gegenzug für einen kurzen Augenblick der Anerkennung zu erschaffen. Ständig sammelte ich Dinge, um sie ihm zu zeigen, las Bücher über Kuriositäten der Geschichte, lernte Gedichtverse auswendig, suchte an Gebäuden oder Brücken nach ungewöhnlichen Details und eignete mir sogar Fakten aus dem Ingenieurwesen an, um sie spontan in Gespräche einfließen zu lassen. Und jedes Mal winkte ich ab, wenn M. mein großes Wissen und mein Bemerken kleinster Details bewunderte, als würde ich sagen wollen, dass das nichts Besonderes sei. Vielleicht war das meine Reaktion auf all die Male, die M. auf seine Uhr gesehen und gesagt hatte, dass er jetzt losmüsse. Ich wollte ihm beweisen, dass auch ich ein anderes Leben hatte.

45.

Wir machen uns Sorgen um dich«, sagen die Tanten. Das sagen sie jeden Sonntag, wenn wir uns auf dem Platz treffen, um zusammen Tee zu trinken. »Die Stadt wurde in ihren Grundfesten erschüttert.«

Aber sie machen sich auch Sorgen um sich selbst.

»Sieh dir Kanlıca doch mal an. Das hier war früher ein modernes Viertel.«

Sie erzählen mir, dass sie sich in ihrer eigenen Stadt fremd fühlen und dass sie ohne Zweifel auch bald weggedrängt werden würden. Sie hätten keine Ahnung, woher all diese ignoranten, wütenden und respektlosen Menschen gekommen seien.

»Nicht mal mehr zu Hause ist man sicher«, sagen sie. »Es ist eine Plage.«

Wir reden jedes Mal über dasselbe. Vielleicht brauchen sie das, um ihre Angst zu beruhigen. Es scheint, dass zurzeit jeder eine Geschichte zu erzählen hat. Die einzelnen Geschichten mögen sich zwar unterscheiden, aber alle sind sie von Angst geprägt.

46.

In jenem Jahr in Paris war ein Teil der Uferstraßen der Rive Droite in der Nähe des Hôtel de Ville für den Verkehr gesperrt. Damals schien es mir, als würde ich Paris nie in seiner wahren Form sehen können. Ständig gab es irgendwo Bauarbeiten, oder Dinge wurden repariert. Kuppeln, Kirchen, Plätze, Springbrunnen wurden ständig von Gerüsten verdeckt. Wenn ich jetzt in Istanbul daran denke, kommt mir das alles so nichtig vor, wo doch unsere gesamte Stadt auseinandergenommen und neu gebaut wird.

Nicht viele Menschen hatten bemerkt, dass die Uferstraßen gesperrt worden waren oder nutzten diesen Umstand einfach nicht aus, denn sie waren meistens leer. M. und ich liefen dort entlang und setzten uns auf eine steinerne Bank, um auf den Fluss zu schauen, der wegen des Spätfrühlings viel Wasser führte. Jedes Mal holte M. etwas zu essen für uns aus seiner Tasche.

»Ich glaube, ich habe da noch eine Kleinigkeit«, sagte er, als würde er sich gerade erst daran erinnern, obwohl er die Sachen eindeutig für unseren Spaziergang vorbereitet haben musste.

Er brachte Gebäck mit Käse und Thymian von einem libanesischen Stand in seinem Viertel und eine Flasche Saft mit. Ich brachte manchmal Obst oder eine Portion Nüsse mit, und wir stellten das Essen zwischen uns auf die Bank.

Angelehnt an Akif Amcas Gedicht nannten wir diesen Brauch »Mitternachtspicknick«, auch wenn wir das Essen mitten am Tag einnahmen.

Während eines solchen Picknicks erzählte mir M. von einem Onkel, der in den USA lebte und der für den jungen M. ein großer Held gewesen war, nicht zuletzt wegen der Geschenke, die er jedes Mal mitgebracht hatte, wenn er zu Besuch gewesen war. Dieser Onkel hatte M. auch seine erste Schreibmaschine geschenkt und ihn zum Schreiben ermutigt. M. erinnerte sich noch, dass es ein Modell von Remington gewesen war und dass die N-Taste ein surrendes Geräusch gemacht hatte. (Manchmal hatte ich das Gefühl, dass er unsere Gespräche für Gedächtnisübungen nutzte. Mir wäre es schließlich nicht aufgefallen, wenn er Fehler gemacht hätte, und er hätte ausgeblichenen Details einen neuen Anstrich verleihen und Leerstellen mit Erfindungen füllen können.)

Am letzten Tag solcher Besuche hatte der Onkel M. beiseitegenommen und ihm eine für die damalige Zeit großzügig scheinende Menge Geld gegeben. Er sagte M., dass er mit diesem Geld machen könne, was er wolle und dass er seinen Eltern nichts davon erzählen müsse. Einmal ging M., nachdem der Onkel zurück in die USA gereist war, in eine Bäckerei und bestellte zehn Mince Pies. Er schaffte sie nicht alle, und vielleicht war ihm das bereits klar gewesen, als er die Pies bestellt hatte. Er vermutete auch, dass der Onkel trotz seiner Betonung, dass M. mit dem Geld machen könne, was er wolle, von M.s Wahl überrascht gewesen wäre. Aber M. sagte, dies sei einer der schönsten Momente seiner Kindheit gewesen. Während wir mit unserem Picknick auf der Bank saßen, sagte er mir, dass es ihm nicht um die Freude beim Essen gegangen sei, sondern um die Freiheit, das zu tun, was er wollte. Er fügte hinzu, dass genau das vielleicht auch der Grund sei, warum er schrieb.

Doch meistens schwiegen wir und schauten aufs Wasser. Manchmal sah ich zu M. hinüber, und er nickte, als würde er jemandem oder irgendetwas zustimmen. Ich war mir nicht sicher, ob er damit »Nicht wahr? Nicht wahr?« oder »Ich weiß, ich weiß« sagen wollte.

47.

Bevor meine Mutter eingeschult wurde, packte sie oft ihre Schultasche und ging zu Akif Amca. Er brachte ihr bei, wie man die Namen ihrer Verwandten schrieb. Meine Mutter saß am Tisch, machte brav ihre Übungen und gelegentlich rüttelte Akif Amca an der Besteckschublade und sagte, das sei die Pausenklingel gewesen.

Es ist erstaunlich, wie alltäglich diese Geschichte ist und wie leidenschaftlich meine Mutter sie dennoch erzählt hat.

»Ich saß ihm gegenüber und machte meine Übungen, und ab und an klingelte er zur Pause.«

Ebenso erstaunlich ist, dass meiner Mutter solche Geschichten wichtig genug waren, um sie wieder und wieder zu erzählen.

»In den Pausen brachte er mich mit tanzenden Fingerpuppen zum Lachen.«

Als ich klein war, dachte ich ganz unschuldig, dass meine Mutter diese Geschichten von Akif Amca erzähle, weil er sie sehr geliebt hatte.

Doch später fand ich es erbärmlich, wie sie sich an diese Überreste klammerte.

Einmal, während meiner Zeit an der Oberschule, sahen meine Mutter und ich uns einen Film über eine Mutter und ihre Tochter an. Sie schliefen im selben Zimmer und redeten unter den Decken bis spät in die Nacht miteinander. Es gab einen Zusammenschnitt all der Dinge, die sie gemeinsam taten: Sie machten Fotos in Fotoautomaten an Bahnhöfen, sie radelten durch Parks, backten Kuchen, machten Essensschlachten. Als wir bemerkten, wie sentimental der Film war, war es bereits zu spät, um abzubrechen, und peinlich berührt schauten wir den Film zu Ende.

Danach saßen wir schweigend im Wohnzimmer. Ein neuer Film begann. Dann sagte meine Mutter: »Früher bin ich immer zu Akif Amca gegangen, und wir haben Schule gespielt. Hab ich dir schon mal davon erzählt?«

Ich zuckte mit den Schultern und tat so, als wäre ich in eine Zeitschrift vertieft, die ich mir vom Couchtisch genommen hatte.

»Eigentlich«, fuhr sie fort, »habe ich Akif Amca immer eher als meinen Spielkameraden betrachtet, aber ich glaube, er war auch ein großer Dichter. Wirklich. Das nächste Mal, wenn wir in Aldere sind, sollten wir uns seine Notizbücher ansehen. Du wärst sicher überrascht.«

Ich sagte, dass ich das bezweifelte.

Sehr viel später, als ich Luke Geschichten von meiner Mutter erzählte, wollte ich mich an nichts erinnern, das der von mir erschaffenen Figur widersprochen hätte. Aber inzwischen ist mir klar, dass meine Mutter nach einem Weg gesucht hat, zu mir durchzudringen.

48.

Zu Beginn unserer Freundschaft dauerte es einige Wochen oder Monate, bis M. meinen Namen zum ersten Mal laut aussprach. Und wie um das auszugleichen, fügte er ihn oft in seine E-Mails ein, manchmal mehrmals hintereinander, mit den Silben spielend und neue Bedeutungen erschaffend: »Nurunisa, Nur-u-nisa, Nur. Nisa.« Ich vermutete, dass er Angst hatte, ihn falsch auszusprechen. Es war ihm auch peinlich, wenn ich gelegentlich seine Aussprache eines türkischen Worts korrigierte. Er reagierte dann so, als hätte ich ihn bei einer Lüge erwischt. Ich weiß nicht, warum er meinen richtigen Namen bevorzugte, obwohl ich ihm gesagt hatte, dass alle mich Nunu nannten. Selbst meine Mutter, die mir kindisches Verhalten nur selten hatte durchgehen lassen, hatte diesen kurzen Namen lieber gemocht als den altmodischen, den mir mein Vater gegeben hatte.

M.s Sorgfalt mit Wörtern löste in mir gleichzeitig Respekt und den Wunsch aus, er wäre weniger umsichtig. Wenn wir etwas Schönes sahen, wollte ich, dass er etwas sagte, das mir sein Innerstes offenbaren würde. Oft liefen wir bei Sonnenuntergang am Fluss entlang, und am Himmel vermischten sich die Farben, während es langsam immer dunkler wurde und sich die Nacht über die Stadt senkte. Dieser Anblick ließ M. immer innehalten, und ich wartete darauf, dass er etwas sagen würde. Doch er beschrieb nur das, was ich auch sehen konnte (»Sieh sich einer den orangefarbenen Rand dieser Wolke da an« oder »Was für ein besonderer Himmel«) und ging dann weiter.

Das erste Mal sagte er meinen Namen, als wir in den Arkaden gegenüber dem Senat standen. Dort befand sich einer der ersten Standardmeter der Stadt. Ich hatte ihn einige Tage zuvor entdeckt, als ich mich in den Arkaden wegen eines Regenschauers untergestellt hatte, und nun hatte ich M. hergebracht, um ihm den Meter zu zeigen.

Ich hatte herausgefunden, dass dies der einzige Standardmeter war, der sich noch an seinem ursprünglichen Platz befand, obwohl nach dem Wechsel zum metrischen System eine ganze Reihe von Standardmetern in Paris angebracht worden war. Das fand ich irgendwie interessant oder vielleicht auch traurig, aber ich hatte Angst, dass M. vielleicht nicht sofort erkennen würde, was an einem Meter so spannend sein sollte. Ich wollte ihm die Poesie dieser einfachen Linie auf dem Marmor näherbringen: einhundert Zentimeter auf einer weißen Wand, die mit ihrer Präzision eine neue Ordnung für die ganze Stadt festlegten. Akif Amca hätte so etwas vielleicht in seinen Notizbüchern festgehalten – zumindest der Akif Amca, den ich M. beschrieb, wenn wir über mein thrakisches Projekt sprachen.

Ich hantierte mit meiner Kamera herum und tat so, als würde ich auf die Schatten scharfstellen, die schräg in die Arkaden fielen. Ich wartete darauf, dass M. dem Meter nahe genug kam, damit ich ihm wie geplant von meiner Entdeckung erzählen konnte.

Ich musste eine Frage von ihm überhört haben. Als ich nicht antwortete, sagte er meinen Namen. Vielleicht sah er meinen Gesichtsausdruck, als ich aufschaute, denn er fragte schnell, ob er ihn richtig ausgesprochen hatte. Eine Frage, die man jemandem stellte, den man nicht kannte. Er fügte hinzu, dass er den Klang meines Namens sehr mögen würde und Angst hätte, ihn mit seinem »fürchterlichen Akzent« zu ruinieren.

Ich hob die Kamera vor meine Augen und drehte mich in seine Richtung. Er trat ein paar Schritte zurück, sodass er genau vor der weißen Wand stand und der Meter zu beiden Seiten seines Halses zu sehen war.

Eine Weile betrachtete ich ihn durch den Sucher und beobachtete sein Gesicht. Er sah zu Boden, dann wieder hoch, und wartete darauf, dass ich das Foto machte.

Ich beobachtete ihn noch ein wenig länger aus dieser komfortablen Distanz, hinter der schützenden Kamera.

»Nurunisa?«, fragte er wieder.

Ich machte das Foto und senkte die Kamera genau in dem Moment, als er sich anlehnte und für das Foto lächelte.

Es ist das einzige Bild, das ich von ihm habe.

49.

An manchen Abenden ging meine Mutter zu Akif Amca und setzte sich dort vor den Ofen. Sie saß auf dem Boden, und Akif Amca saß auf dem Lehnstuhl daneben und las. Meine Mutter malte oder lag auf ihrem Rücken und starrte an die Decke. Bevor er meine Mutter nach Hause schickte, zog Akif Amca seine Uhr auf. Er sagte meiner Mutter, dass sie gut zuhören solle, hob die Uhr an sein Ohr, und die beiden hielten den Atem an, um dem Geräusch zu lauschen. Akif Amca sagte meiner Mutter, dass die Uhr versuche, all die verlorene Zeit aufzuholen. Ich liebte diese Geschichte und hielt mir, als ich klein war, oft meine eigene Uhr ans Ohr und lauschte der vorbeirauschenden Zeit.

Einmal fragte ich meine Mutter danach, als wir abends alte Fotos durchsahen. Es war das Jahr, in dem ich zurück nach Istanbul gekommen war. In diesen Monaten fragte ich meine Mutter viele Dinge, um all die verlorene Zeit aufzuholen.

Mir war klar geworden, dass ich nicht verstanden hatte, was Akif Amca wirklich gemeint hatte. Ich war mir nicht mal sicher, ob ich mich richtig an die Geschichte erinnerte oder ob ich einen wichtigen Teil vergessen hatte.

Auf einem Bild saß Akif Amca mit überkreuzten Beinen auf seinem Lehnstuhl.

»Weißt du noch, wie Akif Amca immer seine Uhr aufgezogen hat? Was hat er dir dabei noch mal gesagt?«

»Was meinst du?«, fragte meine Mutter.

»Er hat dir doch immer gesagt, dass du gut zuhören musst, oder?«, fragte ich.

Meine Mutter sagte, dass ich mich irren müsse. So etwas hätte sie mir nie erzählt.

Aber ich war mir sicher, dass sie die Geschichte vergessen hatte und freute mich richtiggehend darüber, dass sie jetzt mir gehörte. Vielleicht hatte Akif Amca die Bedeutung dieser Worte genauso wenig gekannt und war ebenfalls von ihrer schwer fassbaren Poesie bezaubert gewesen.

Erst als ich nach Paris zog und anfing, Akif Amcas Tagebuch durchzusehen, um M. etwas über mein thrakisches Projekt erzählen zu können, entdeckte ich, dass er sich sehr wohl an seine eigenen Worte erinnert hatte.

Kaum ist die Erfindung vollbracht,
rast die Stadt, um die verlorene Zeit aufzuholen.

50.

Hier noch etwas, das ich von M. gelernt habe. Gedächtnisübungen aus der Antike weisen einen dazu an, die zu erinnernden Dinge in den Zimmern eines imaginären Gebäudes zu platzieren. Das Gebäude muss groß und symmetrisch sein, man muss eindrucksvolle mentale Bilder der zu erinnernden Dinge erzeugen und sie dann nach und nach in den Zimmern verteilen.

Wer ein solches Gebäude errichtet, muss Erinnerungen zweifellos verfälschen, um sich an sie erinnern zu können. Aus langweiligsten Fakten müssen einmalige Abenteuer werden, um sie im Gedächtnispalast ausstellen zu können.

M. meinte, dass einige der Menschen, die diese Technik nutzten, sicher sehr erstaunt über die Bilder in ihrem Gedächtnis gewesen sein müssten, wo sie sich doch so von ihren vertrauten und alltäglichen Gegenstücken in der echten Welt unterschieden. Bestimmt hätten einige sogar den Wunsch verspürt, ihre Erinnerungen in die echte Welt zu übertragen und versucht, sie auf Papier, Marmor oder Wände zu übertragen.

Manchmal sprach M. über unseren gemeinsamen Gedächtnispalast, in dem wir unsere eigenen Tageszeiten erschaffen hatten (er fand immer einen neuen Weg, »Die Erfindung der Mitternacht« zu erwähnen). Er sagte, dass sich die Räume unseres Gedächtnispalastes durch die darin befindlichen Erinnerungen an unscheinbarste Dinge in Schatzkammern verwandelt hätten.

»Nicht wahr?«, schrieb er. Die Hoffnung in dieser Frage rührte mich. Ich weiß nicht mehr, was ich zurückschrieb. Ich habe nicht immer die Kraft, meine Antworten noch mal zu lesen. Damals fand ich nicht, dass ich M.s Worten auswich – denen, die mich glücklich machten. Ich hätte gesagt, dass ich auf eine weitere Aussage wartete, um sie meiner Sammlung hinzuzufügen. Aber es muss gewirkt haben, als würde ich die Worte von mir wegschieben.

Ich denke manchmal noch immer an dieses Konzept eines Gedächtnispalastes, auch wenn ich die Idee zu konstruiert und bequem finde, als dass sie die Tücken des Gedächtnisses wirklich offenbaren würde. Ein Gedächtnispalast verstärkt Erinnerungen, doch in Wahrheit spielen Verstecken und Vergessen eine viel größere Rolle im Leben.

Während unserer Spaziergänge erinnerte ich mich manchmal plötzlich sehr klar an Dinge aus meiner Vergangenheit. Ein Witz aus meiner Kindheit, der Kohlengeruch im Winter, wie man eine bestimmte verrostete Dose drehen muss, damit sie sich öffnet. Ich schrieb diese Dinge nicht auf, und inzwischen habe ich einige davon wieder vergessen. Was von den Erinnerungen bleibt, ist das Wissen, dass ich nun etwas nicht mehr besitze, das mir einst sehr nahe gewesen ist. Doch dieses Echo der Abwesenheit nützt mir nichts.

Nachdem ich zurück nach Istanbul gezogen war – endgültig, meine ich –, begegnete mir M. an jeder Straßenecke. Ich sah ihn auf einer Fähre, an Saft- und Burgerständen, in Promenadencafés. Manchmal, wenn ich sein Foto mit den hochgezogenen Augenbrauen und der Narbe ansehe, erinnere ich mich kaum noch daran, wie er war. Doch jedes Mal, wenn ich ihn in den starren Blicken und gebeugten Haltungen fremder Menschen entdeckte, hatte ich ihn wieder klar vor Augen.

51.

Bevor ich das Jahr bei meiner Mutter in Istanbul verbrachte, hatte ich ihr immer gesagt, dass ich niemals nach Istanbul zurückkommen würde. Ich hatte meine Gründe, und von Tag zu Tag wuchs etwas in meinem Inneren. Dieses Etwas fühlte sich an wie Stille, obwohl es sich mit Wörtern bemerkbar machte.

Und es gab noch etwas anderes, etwas, das sich zu der Zeit wie Selbstvertrauen anfühlte. Vertrauen in dieses Leben, das ich in London geschaffen hatte, mit Leuten, die mich mit anderen Augen sahen. Ich dachte, dass ich die Dinge geordnet hätte und dass ich sie im Gleichgewicht halten könne, solange ich nur auf Distanz blieb.

Als wir eines Abends telefonierten, schlug meine Mutter vor, im Borsa essen zu gehen, wenn ich zu Besuch kam. Es sei vor Kurzem renoviert worden. Ob ich mich an das Restaurant im Adile-Sultan-Palast erinnere? Der

Blick auf die Judasbäume im Frühling sei so schön, dass er einem den Atem raube.

»Weißt du noch, Nunu, wie wir mal dort waren?«

Ein anderes Mal fragte sie: »Erinnerst du dich noch, wie wir früher immer Fisch essen waren?«

Die Fragen an sich störten mich nicht. Es war eher die Milde, diese falsche Nettigkeit, die nicht zu meiner Mutter passte. Zu jener Zeit konnte ich ihr Flehen nicht hören.

»Sobald du wieder hier bist«, sagte sie am Telefon, »gehen wir in den Adile-Sultan-Palast.«

»Ich komme nicht zurück nach Istanbul«, sagte ich ihr.

»Natürlich, das verstehe ich. Du solltest dich auf deine Zukunft konzentrieren«, sagte meine Mutter.

»Das ist es nicht«, sagte ich. Ich hatte geübt, was ich sagen würde.

»Ich komme nicht zurück, weil ich lerne, wie man vergibt und vergisst.«

Nur in Büchern kann ein einziges Gespräch das ganze Leben so verändern, dass man immer wieder daran zurückdenkt und es ungeschehen machen will. Selbst wenn das möglich wäre, wäre da noch so viel anderes. Es gibt viele Arten der Verletzung, auch ohne Worte. Es ist die Stille, die uns formt.

Meine Mutter musste damals schon von ihrer Krankheit gewusst haben, und vielleicht verspürte sie bei meinen Worten Erleichterung. Und ohne mich selbst trösten oder rechtfertigen zu wollen, möchte ich anfügen, dass ich so gefangen in der Geschichte war, die ich Luke erzählte, und meine eigenen Erinnerungen so verändert hatte, dass meine Mutter vielleicht nicht einmal verstand, wovon ich redete.

52.

Nachdem wir von Moda in die neue Wohnung gezogen waren, ging ich zu ihr, wenn sie abends nicht an meine Tür kam. »Nejla«, sagte ich von der Tür aus, doch sie antwortete nicht.

Das erzählte ich Luke nie, an keinem all der Abende, an denen er und ich auf dem Bett saßen.

Sie hätte in ihrer eigenen Welt gelebt, sagte ich, weit weg von der Realität.

Ich schüttelte meinen Kopf, als wüsste ich nicht, mit welchen Worten ich meine Gefühle ausdrücken sollte. Manchmal, erzählte ich Luke, hätte meine Mutter tagelang nicht mit mir geredet.

Und ich sei nur ein Kind gewesen. »Könntest du das einem Kind antun?«, fragte ich ihn und ließ Tränen in meinen Augen aufsteigen.

Luke griff in solchen Momenten manchmal nach meiner Hand und drückte sie.

»Das klingt wirklich furchtbar, Buddyback«, sagte er.

Was ich ihm verschwieg, war etwas viel Simpleres. Ich ging zum Schlafzimmer meiner Mutter und sagte an der Tür ihren Namen. Das Zimmer war sehr dunkel, und meine Mutter hatte einen ihrer schrecklichen Kopfschmerzanfälle. Ich beließ es bei dem einen Wort und ging leise wieder in mein Zimmer zurück.

53.

Wenn ich mir jetzt das Foto von M. ansehe, sehe ich etwas Neues in seinem Gesichtsausdruck. Vielleicht, weil es inzwischen mehrere Jahre her ist, dass wir bei dem Standardmeter unter den Arkaden waren. Heute sehe ich weder Irritation noch Verärgerung in seinem Blick, sondern Erwartung. M. sieht mich erwartungsvoll an. Und mit etwas Mühe könnte ich vielleicht das sehen, was er in mir gesehen hatte.

Wir saßen oft hinter dem Bahnhof Paris-Montparnasse im Hof eines Museums, das früher das Studio eines Bildhauers aus dem 19. Jahrhundert gewesen war, den M. bewunderte – einer dieser vielen Pariser Künstler, dessen Spuren vom Laufe der Zeit mehr oder minder verwischt worden waren. Ich glaube, dass M. ihn genau deshalb mochte. (Vielleicht hätten wir sein tragisches Schicksal mit dem Apollodors verglichen.) M. hatte mir sogar ein Buch mit Aufzeichnungen zum Unterricht dieses Bildhauers gezeigt. Darin waren Transkripte der Stunden enthalten, in denen er zwischen den Unterrichteten hin- und hergegangen war, die Stärken und Schwächen ihrer Arbeiten kommentiert und ihnen Formen aufzeigt hatte, die sie vielleicht übersehen hatten. M. sagte, dass ihm diese Gespräche, ohne begleitendes Bildmaterial zu den Skulpturen im Studio, eine ähnliche Freude bereiteten wie Geistergeschichten.

Ich mochte es, im Kreis dieser Marmorstatuen zu sitzen. Die meisten von ihnen waren Abbilder von denselben drei Modellen und zeigten schmerzverzogene, ernste oder schwer zu deutende Mienen. Die leichten Unterschiede in ihrer Gestik und Kleidung verliehen jeder Gruppierung neue Bedeutung. Doch laut M. hatte der Bildhauer sein ganzes Leben lang dieselbe Geschichte erzählt. Das sagte er oft, und nicht nur über diesen einen Bildhauer, sondern über alle Kunstschaffenden, die er bewunderte. In M.s Augen erzählten sie alle immer wieder dieselbe Geschichte, und im Gegensatz zu Luke meinte er das als Kompliment.

Einmal, als wir gerade aufbrechen wollten, fiel mir die Skulptur einer nackten Frau auf, die sich von allen anderen unterschied. Sie hatte breite Hüften, und ihr steinernes Haar wand sich zu einer sanften Hochsteckfrisur. Sie stand mit einem Bein vor dem anderen, was zu ihrem verschmitzten Lächeln passte. In einer Hand hielt sie einen Apfel, als wäre er ein Ball, den sie sogleich in die Luft werfen würde.

Mit ihrem spielerischen Ausdruck, dem Apfel und der lockeren Frisur bildete sie einen deutlichen Kontrast zu den sorgenvollen Gesichtern um sie herum. Voller Freude stand ich eine Weile vor ihr und betrachtete sie lächelnd, eifersüchtig auf einen Steinblock.

M. trat einige Augenblicke später neben mich, und mir fiel auf, dass ich meine Beine ebenso überkreuzt hielt wie die Statue. Er schwieg, und ich bewegte mich nicht. Ich hatte das Gefühl, dass ich steif wie Marmor wurde. Mein Gesicht und mein Hals brannten wie Feuer.

54.

Ich habe mir angewöhnt, jeden Morgen ein bisschen zu früh zur Arbeit aufzubrechen. Unterwegs trinke ich noch einen Tee in einer Bäckerei oder setze mich in einen Park. Die Ladenbesitzer Modas kennen inzwischen meinen Namen. Einige von ihnen grüßen mich, wenn ich an ihnen vorbeigehe.

Jeden Tag vergesse ich für ein paar Stunden, dass ich in Istanbul lebe. Auf der Arbeit schreibe ich über andere, schönere, sorgenfreiere Städte. Ein Teil jeder Zeitschriftenausgabe dreht sich um eine einzigartige Weltstadt. St. Petersburg, Paris, Florenz, Amsterdam. Diese Städte können die Leserschaft mühelos für ein paar Seiten aus ihrem Alltag entführen. Sie sind durch und durch schön und haben nichts, was sie verstecken müssten.

Und dann gibt es da noch die Städte, die ungeduldig darauf warten, nach Jahren der Entbehrung entdeckt zu werden: Tiflis, Warschau, Riga.

Ich habe Routine darin, sie zusammenzufassen – Plätze, Kathedralen, Restaurants, Legenden –, charmant klingen zu lassen und neue Superlative zu erfinden.

»Wenn ich deine Sachen lese, will ich sofort losreisen«, sagt Esra oft. Sie sitzt mir gegenüber und ist die Jüngste in der Redaktion. Sie hat ihr ganzes Leben in Istanbul gelebt. »Eigentlich«, sagt sie, »ist es wahrscheinlich überall besser als hier.«

Ich sage ihr, dass sie womöglich recht hat. Ich will meinem Team gegenüber nicht sonderbar wirken und wie eine Touristin die Stadt bestaunen, von der wir wahrscheinlich alle inzwischen genug haben sollten.

Nach der Fertigstellung jeder Ausgabe feiern wir in der Bar auf der anderen Straßenseite und stoßen immer auf dasselbe an: »Auf das Reisen«, sagt jemand von uns, und die anderen antworten: »Darauf, endlich mal hier rauszukommen!«

55.

Irgendwann erfuhr ich, dass eine der »Aufgaben«, die M. davon abhielten, all seine Zeit auf sein neues Buch zu verwenden, seine Arbeit als Dozent für Literarisches Schreiben war. Wir trafen uns manchmal nach seinen Kursen an der Universität. Von dort aus liefen wir die Avenue Bosquet runter in Richtung Invalides. An diesen Nachmittagen, wenn er aus dem Gebäude kam und die Steinstufen hinunterstieg, schien er ein anderer Mensch zu sein, obwohl er immer noch seine grüne Jacke trug und leicht gebeugt ging. Manchmal wurde er noch von einem Kollegen oder von Studierenden begleitet, von denen er sich am Fuße der Treppe gutgelaunt verabschiedete, bevor er über die Straße ging und mich mit erhobener Hand begrüßte. Ich frage mich, ob ich die ganze Zeit über ein falsches Bild von ihm hatte – ob er wirklich der stotternde Mann aus meinen Beschreibungen war.

An diesen Tagen hatte M. mir stets etwas aus seinen Kursen zu berichten. Er nahm sich die Probleme seiner Studierenden zu Herzen und sorgte sich, dass er ihnen authentisches Schreiben nicht würde beibringen können. Er erzählte mir, dass er es schwierig finde, seinen Studierenden den Unterschied zwischen Kunst und Künstlichkeit zu erklären. Er sagte, dass das, was die Studierenden als Stil ansahen, in Wahrheit der Unwille sei, eine Geschichte zu erzählen. Er fragte sich, ob er ihnen nur illusorisches Handwerkszeug vermittelte, mit dem sie das fehlende Herzstück ihrer Geschichten vertuschen und die Dinge kompensieren konnten, deren Konfrontation sie scheuten. Ich nickte zustimmend, aber ich war gleichzeitig beunruhigt und beschämt und fragte mich, ob M. mir damit auf seine spezielle Art und Weise etwas mitteilen wollte.

56.

Am Bayram-Morgen (es muss der erste seit meinem Umzug nach Paris gewesen sein) rief ich Saniye und Asuman an. Sie waren traurig, dass ich das Fest allein verbrachte.

»An solchen Orten ist man besonders einsam«, sagten sie, weil alle Orte außerhalb Istanbuls zum Kollektiv wurden, sobald sie für Trennung standen. Es war, als würden die Tanten betonen wollen, dass es unmöglich war, diese große Entfernung zu überbrücken. Ich sagte ihnen, dass sie sich keine Sorgen machen sollten. Ich würde meine Zeit in Paris genießen, viel lernen und schreiben.

Ich hätte sogar jemanden kennengelernt, erzählte ich. Er sei Autor und schreibe Bücher über Istanbul. Bis dahin hatte ich M. während unserer kurzen Telefonate nie erwähnt.

Ich sagte ihnen, dass M. ein berühmter Autor sei, weil ich wusste, dass das Eindruck auf sie machen würde.

»Ist er einer deiner Professoren?«, fragten sie. Sie wussten nicht, dass ich nicht in die Uni ging.

»Nein«, sagte ich. »Nur ein Freund. Wir gehen zusammen spazieren und reden übers Schreiben.«

»Und wo geht ihr spazieren?«, fragte Saniye.

»In der ganzen Stadt. Wir haben immer viel zu besprechen.«

»Was will dieser Mann von dir?«, fragte Asuman. »Wieso interessiert sich ein erwachsener Mann für ein junges Mädchen, das weder Autorin noch sonst was ist?«

Geschichten folgen einer eigenen Logik. Eine Geschichte kann erst erzählt werden, sobald sie ein Ende hat. Außerdem muss sie sich erst verdichten, bevor man sie auflösen kann. In einer Geschichte spielt jedes Element eine wichtige Rolle – irgendwann wird der Moment kommen, in dem es zum Tragen kommt. In dieser Hinsicht kann man sich auf Geschichten verlassen, denn sie scheuen sich nicht, einem direkt in die Augen zu sehen.

57.

Akif Amca hatte in Istanbul auf einer Verlobungsfeier im Haus eines Schauspielpaars James Baldwin getroffen. Meine Mutter erzählte mir, dass Baldwin ohne Einladung gekommen sei, und obwohl ich damals nicht wusste, wer er war, gefiel mir diese Geschichte des uneingeladenen Gasts – vielleicht auch nur, weil es eine Geschichte meiner Mutter war.

»James Baldwin, der Schwarze Autor«, informierte meine Mutter mich ungerührt. Sie fuhr fort: »Wer weiß, wie viel davon wirklich stimmt.« Laut Akif Amca hatten die Leute ihn mit der Ignoranz der Menschen aus der alten Welt als »Araber-Jimmy« bezeichnet, weil die äthiopischen Tagesmütter wohlhabender Istanbuler Familien damals »arabische Schwestern« genannt wurden. Ich schrieb M. in einer E-Mail davon. Das war genau die Art von Geschichte, an der er sich erfreuen würde.

(»Selbst die unscheinbarste Geschichte von jemandem«, schrieb M. mir einmal, »kann faszinierender sein als alle Kunst in Paris.«)

Ich bin mir nicht sicher, wann ich anfing, mit meinen Geschichten vor M. anzugeben. Vielleicht, als ich endlich aufhörte vorzugeben, einen Roman über den Dichter Akif Amca schreiben zu wollen. Allmählich hörten wir auf, über mein Projekt zu sprechen, und M. fragte nicht länger, ob ich Fortschritte bei meiner Suche nach den Spuren des Poeten in Paris gemacht hätte. Aber er sagte oft, dass ich großes Glück habe, aus so einem großen Vorrat an Geschichten schöpfen zu können.

Es bestürzte mich zu denken, dass M. vielleicht die ganze Zeit gewusst hatte, dass ich niemals ein Buch über Akif Amca hatte schreiben wollen und dass ich das nur als Vorwand genutzt hatte, um mich mit ihm anzufreunden und ihm Geschichten zu erzählen, die nicht wirklich mir gehörten.

Aus irgendeinem Grund fing ich irgendwann an, darauf zu bestehen, das Istanbul aus M.s Büchern besser zu kennen als er, jene entschwundene Stadt voller wundersamer Begegnungen und poetischer Tristesse.

Endlich hatte ich M. gesagt, dass ich eins seiner Bücher gelesen hatte. Ich erzählte, ich sei in dem Buchladen, in dem wir uns bei der Lesung begegnet waren, darüber gestolpert und hätte nicht widerstehen können.

M. winkte beschämt ab, als würde er das Thema wechseln wollen. Diese bescheidene Geste brachte mich dazu, ihm zu sagen, dass mir das Buch sehr gefallen hätte.

Doch später fing ich an, ihn auf Details hinzuweisen, die er übersehen hatte – Besonderheiten jener Zeit, denen gegenüber er blind gewesen zu sein schien. Ich versuchte, großzügig zu klingen, als würde ich mit meinen Kommentaren seine Welt erweitern wollen. M. hörte mir zu und widersprach nicht. Er dankte mir sogar.

Irgendwann im Laufe der Geschichte schläft Baldwin im Schoß eines Partygastes ein. Als er aufwacht, geht er in die Küche und setzt sich an den Tisch, um inmitten der Bediensteten, die hektisch Obstplatten vorbereiten, zu schreiben.

Das war die Situation, in der Akif Amca ihn kennenlernte. Er war in die Küche gekommen, um auf den Balkon zu gehen. Baldwin folgte ihm und brachte zwei Gläser Tee mit. Akif Amca hatte noch gewusst, wie Baldwin das Glas mit seinen langen Fingern am Rand gehalten hatte. Die beiden Männer teilten sich eine Zigarette und blickten auf die Stadt.

Akif Amca wartete darauf, dass Baldwin etwas über die Aussicht sagen würde. Er fragte sich, wie ein Fremder Istanbul wahrnahm, ob Baldwin es so schön fand wie er selbst. Doch Baldwin nippte nur an seinem Tee und schaute mit unstetem Blick in Richtung der Hügel. Von

Zeit zu Zeit nahm er die Zigarette von Akif Amca entgegen.

Es war etwas Besonderes daran, wie meine Mutter mir diese beiden Männer auf dem Balkon beschrieb, weshalb ich mich besonders gut daran erinnere.

»Wer weiß schon, ob das alles tatsächlich so passiert ist«, wiederholte sie mit dem verbitterten Ton, den ihre Stimme manchmal annahm. Als würde sie Akif Amca wegen dieser Geschichten, mit denen er ihre glückliche Kindheit gefüllt hatte, anklagen.

»Am Ende seines Lebens«, sagte meine Mutter irgendwann später über die Minuten, in denen Akif Amca auf einen lobenden Kommentar Baldwins wartete, »war die einzige Freundin dieses einzigartigen Mannes ein Kind. Armer Akif Amca. Wie er da so auf dem Balkon stand.«

Ich war neidisch gewesen auf Akif Amca und die Liebe, die meine Mutter ihm entgegenbrachte.

Einige Tage nachdem ich M. in einer E-Mail von diesem Moment auf dem Balkon erzählt hatte, fiel mir auf, dass ich die Beschreibung von Baldwins unstetem Blick in einem von M.s Romanen gelesen hatte, in der Passage, in der der alte Mann die Hügel der Stadt betrachtet. Ich stellte fest, dass ich M.s Beschreibung seiner Figur beinahe Wort für Wort übernommen hatte. Ich hatte die Szene oft gelesen, hatte sie sogar meiner Mutter vorgelesen, als sie krank gewesen war. Jene Szene, in der der alte Mann auf dem Balkon steht und die sich über die Hügel ergießende Stadt betrachtet.

Ich schrieb M. mehrere Tage lang nicht, weil ich mich schämte. Ich war mir sicher, dass er meinen Ausrutscher bemerkt haben musste, auch wenn er nicht darauf reagiert hatte. Ich verspürte den Drang, mich zu erklären, falls er dachte, dass auch meine restlichen Geschichten ähnlich zustande gekommen waren. Doch ich hielt mich bedeckt, selbst als M. einen Tag für unseren nächsten Spaziergang vorschlug. Nach mehreren Tagen ohne Antwort schrieb er mir erneut und fragte, ob bei mir alles in Ordnung sei. Er fügte hinzu, dass er es vermisse, von den Schätzen zu hören, die ich über die Tage für ihn gesammelt hatte.

Ich schrieb ihm zurück, dass genau das das Problem sei. Dass es ermüdend sein konnte, Dinge zu sammeln.

»Es ist, als würde ich auf Knopfdruck unterhalten müssen«, schrieb ich. »Wie eine Jukebox.«

(M. liebte Jukeboxen. Er nutzt sie oft als Metapher.)

Ich schrieb das, weil ich mich schämte.

M. schrieb mir zurück, dass ich mich nie verpflichtet fühlen solle, ihm meine Geschichten zu erzählen.

»Niemand muss sich etwas ausdenken, nur um mich zu beeindrucken«, schrieb er. »Und es muss mir auch niemand irgendetwas von sich offenbaren, nur damit ich diese Person interessant finde.«

58.

Während des Jahrs in Istanbul bat mich meine Mutter, ihr vorzulesen. Das war später, als sie nur noch im Bett lag.

Ich setzte mich auf den Sessel neben ihrem Bett und legte die Füße auf die Matratzenkante. Ich las ihr vor, bis ich hörte, dass sie ganz tief atmete. Manchmal, wenn ich aufhörte vorzulesen, griff sie nach meinen Zehen, um mir zu bedeuten, dass sie noch zuhörte. Ich erinnere mich noch an ihre Finger. Sie waren so dünn, dass ich das Gefühl hatte, dass sie durch meine Füße dringen würden.

Nachmittags war es sehr hell im Schlafzimmer, und ich zog die Vorhänge zu. So saßen wir dort bis zum Abend, und entweder las ich ihr vor oder wir schwiegen.

»Nunu, warum machst du nicht einen Spaziergang?«, fragte meine Mutter, wenn sie wach war. Ich tat so, als hätte ich sie nicht gehört.

»Ich würde mich freuen, wenn du mal rausgehst.«

Ich antwortete nicht.

»Nunu«, sagte sie. »Wieso bist du so stur?«

Ich hatte M.s Roman bereits ausgelesen, als ich ihr das Kapitel mit dem alten Mann auf dem Balkon und seinem unsteten Blick vorlas. Ich erinnere mich noch an die lange Beschreibung der Stadt; der Lesefluss verschob sich unmerklich von dem alten Mann auf die Hügel vor seinen Augen. Die Beschreibung unterscheidet sich von den anderen Passagen M.s, in denen er sich seitenlang Bäumen und Essen hingibt. In dieser Passage sind die Augen des Mannes lediglich eine Verlängerung der flackernden Stadt.

Sein Sprung fügt sich nahtlos in den Lesefluss ein.

Es beeindruckt mich, dass ein Fremder diese Einsamkeit in unserer Stadt gesehen hat. Er hat die Hügel und das Wasser durchschaut und das Herz Istanbuls gesehen. Diese Einsamkeit, die einem jegliche Worte raubt.

Meine Mutter widersprach diesen Passagen im Gegensatz zu M.s Beschreibung der Zypressen nicht.

Es war später Nachmittag, und die letzten hellen Strahlen drangen wie feiner Nebel durch die zugezogenen Vorhänge. Ich hatte meine Füße auf die Bettkante gelegt, während ich las.

Der unstete Blick des Mannes fängt sich in der Stadt, die ihre Arme nach ihm ausstreckt.

Ich wollte, dass meine Mutter diese Worte hört, ihr sagen, dass wir diese Last nicht allein tragen. Dass andere, dass sogar Fremde – solche, die in Istanbul so fremd waren, dass sie über Zypressen schrieben – einen Teil des Gefühls wahrnehmen konnten, das wir unser Leben lang in uns verschlossen gehalten hatten. Dass auch sie diese Einsamkeit spüren konnten.

Meine Mutter streckte ihre Hand aus, um meine Zehen mit ihren dünnen Fingern festzuhalten.

»Nunu«, sagte sie. »Nunito.«

59.

Es war einer der ersten richtigen Frühlingstage – einer dieser Tage, die in Paris zum Fest gereichen und alle auf die Caféterrassen locken –, an dem wir uns entschieden, nach einem von M.s Kursen ein Mitternachtspicknick zu machen. Ich war früh dran und setzte mich auf die Bank gegenüber dem Universitätseingang.

Ich trug ein ärmelloses grünes Kleid, das ich vor Kurzem gekauft hatte, als das Wetter wärmer geworden war und ich bemerkt hatte, dass die Menschen in den Cafés ihre tristen Schichten abzuwerfen begannen. Ich hatte das Kleid nur einmal in meinem Zimmer angezogen und mich an seiner tiefgrünen Farbe, dem angenehm fallenden Rock und der figurbetonten Taille erfreut. Ich war so bezaubert gewesen, dass ich nach unten ins Café du Coin gegangen war, damit mich jemand sehen konnte.

»Da ist sie ja wieder«, hatte der junge Kellner gesagt, als ich hereingekommen war. Er hatte mir zugezwinkert und ohne zu fragen eine Tasse Kaffee gebracht.

Als M. aus dem Universitätsgebäude kam, war er in Begleitung des Autors, der das Buch über die Belle Époque geschrieben hatte und ebenfalls bei der Lesung gewesen war. Sie blickten in meine Richtung, während sie die Treppe herunterstiegen, doch M. schien mich nicht zu sehen. Ich stand auf. Einen Moment später sah er wieder hoch und winkte mir fröhlich zu.

Als sie die Straße überquert hatten, ergriff er meine Schultern und küsste mich auf beide Wangen, was er noch nie getan hatte. Ich hatte mich an seinen abrupten Handgruß gewöhnt und dachte, dass ihm eine besondere Bedeutung innewohnte.

»Was für ein Anblick«, sagte er. »Eine Botin des Frühlings!«

Er stellte mich dem Autor als seine Ratgeberin vor.

»Für all meine thrakischen Fragen«, erklärte er.

»Was für ein Glück, dass du jemanden gefunden hast«, sagte der Autor. »Kennen Sie sich vielleicht auch mit anderen Landschaften aus?«

M. lachte.

Nachdem wir uns von dem berühmten Autor getrennt hatten, liefen wir die baumgesäumte Avenue Bosquet herunter. Die Blätter ließen die Sonnenstrahlen in

Sprenkeln auf den Boden fallen. In der Rue Cler waren alle Außenplätze vor den Cafés besetzt. Überall standen Leute in Kleidern und pastellfarbenen Hosen und tranken etwas.

»Was für ein Tag«, sagte M. »Vielleicht sollten wir uns in ein Café setzen.«

Ich zuckte mit den Schultern.

»Ich dachte, wir wollten picknicken.«

»Natürlich«, sagte er. »Dann machen wir das.«

Nicht nur M.s Vorstellung hatte mich traurig gemacht, sondern auch seine Fröhlichkeit. Ich fühlte mich einsam.

Wir liefen weiter in Richtung Fluss.

»Ich bin so froh, dass wir spazieren gehen«, sagte M. »Und diesen wunderbaren Tag nicht verschwenden.«

Bis hierher sei der Tag allerdings nicht wunderbar gewesen, sagte er. Am Nachmittag hätte einer seiner Studierenden eine Geschichte über seine Familie abgegeben, deren verbitterter Ton die Diskussion im Kurs sehr unangenehm gemacht habe.

Ich fragte ihn nach dem Grund.

»Im Grunde ist es Scham«, sagte M. »Aber sie ist unter einer Menge Wut begraben. Wie soll man den Leuten beibringen, die Geschichte an sich zu erzählen, wenn sie die Augen vor genau dem Gefühl verschließen, das die Geschichte ausmacht?«

Ich lief schweigend weiter und sah nach vorne.

»Manchmal«, sagte er, »frage ich mich, ob ich überhaupt in der Lage bin, ihnen die Freude einfacher, simpler Erzählung zu vermitteln. Wie bei den Geschichten, die wir miteinander austauschen.«

Ich war stehengeblieben. Ich blickte auf den Saum meines grünen Kleids.

»Ich finde nicht, dass man den Leuten Vorschriften machen sollte, wie sie über ihre Familie zu sprechen haben«, sagte ich. »Das ist arrogant.«

Wir liefen weiter.

»Nurunisa«, sagte M. »Ist irgendwas?«

Ich schüttelte den Kopf. Aber als wir an der American Church waren, sagte ich ihm, dass ich mich nicht wohlfühlen würde.

»Und was machen wir da?«, fragte er.

Ich sagte ihm, ich wolle nach Hause gehen. Ich verspürte den Drang, etwas Unverantwortliches zu tun. Mit einem Schlag Zerstörung anzurichten. Aber ich versuchte auch, mich aufzuhalten und dieses Gefühl abzuschütteln, bevor es die Kontrolle über mich übernehmen konnte.

»Natürlich«, sagte M. »Ich komme noch mit bis zur Metro.«

Wir änderten die Richtung und liefen weiter. Währenddessen entschied ich mich, dass ich ihm sagen würde, dass es mir schon besser ginge und dass ich doch Lust auf das Picknick hätte, wenn er noch irgendwas sagen würde. Irgendwas.

Still flehte ich ihn an, bis wir bei der Metrostation waren.

»Ich hoffe, das Unwohlsein legt sich schnell wieder«, sagte M. und winkte.

60.

So viel entgeht mir, wenn ich versuche, es zu erzählen. So viele unscheinbare Details. Es gibt viele Dinge, die keinen Platz in einer Geschichte finden.

Meine Mutter hatte früher eine Brille mit blauen und grünen Punkten. Sie hatte diese Brille, seit ich mich erinnern kann, und ihre Farben hatten nie an Strahlkraft verloren. Ich weiß nicht wieso, aber es machte mich glücklich, wenn sie ihre Brille trug. Die strahlenden Farben, die die Augen und die Entschlossenheit meiner Mutter einrahmten – etwas zu lesen, etwas zu schreiben, nach Fröhlichkeit zu suchen. Wenn sie ihre Brille trug, konnte sie alles andere beiseitedrängen und sich auf eine einzige Aufgabe fokussieren.

Immer, wenn ich mit meinen Hausaufgaben zu ihr kam oder ihr den Rock meiner Schuluniform brachte, weil ein Knopf lose war, setzte sie ihre Brille auf und sagte: »Na, dann wollen wir mal sehen.«

In solchen Momenten fragte ich mich, ob meine Mutter nicht einfach ihr Leben lebte, ob ich mir nur eingebildet hatte, dass sie von einer Dunkelheit umgeben war. Ich frage mich, ob ich die ganze Zeit eine andere Geschichte über meine Mutter hätte erzählen können, eine über einen normalen Lebensweg, mit ganz normaler Trauer und normaler Freude.

61.

Ich will damit sagen, dass ich oft versucht habe, eine Geschichte über meine Mutter zu erzählen. Aber niemals kam ich der Wirklichkeit auch nur nahe.

62.

Wir verabredeten uns weiterhin am Metroausgang am Jardin du Luxembourg und liefen durch die Gärten. Wir aßen zusammen Mittag, wir spazierten zu unserer Bank. Ich glaube nicht, dass sich Dinge von jetzt auf gleich ändern. Ich glaube, dass Veränderung immer da ist und nur auf den richtigen Moment lauert, um sich zu zeigen.

Wenn ich einen Punkt nennen müsste, der unsere Geschichte in zwei grundverschiedene Teile teilte, würde ich jenen feierlichen Tag nehmen, an dem ich das ärmellose grüne Kleid getragen und an dem M. wie ein Fremder gewirkt hatte. An jenem Tag verließen wir unsere Welt. Ungefähr zur selben Zeit muss ich aufgehört haben, ihm zu schreiben, abgesehen von unseren E-Mails zur Terminvereinbarung. Doch auch dabei bin ich mir unsicher. M. blieb seiner einzigartigen Art treu und schrieb mir weiterhin E-Mails, in denen er mit meinem Namen spielte.

»Nurunisa, Nur-u-nisa, Nur. Nisa.«

Einmal schrieb er: »Die Stille mit dem gesenkten Blick.«

Ein anderes Mal: »An Nurunisa auf der anderen Seite des Flusses: Was ist mit unserem unsichtbaren Faden passiert?«

Ich hatte mir überlegt, dass ich ihm keine erfundene Geschichte, sondern die Wahrheit erzählen würde, wenn er mich direkt fragen würde, warum ich verärgert war, ganz einfach und simpel, ohne Umschweife. Doch die Bedingung war, dass er mich fragte, und ich wartete ungeduldig darauf, dass er es verstand, dass er *mich* verstand und zugab, dass ich ihm wichtig war. Ich weiß nicht, was ich ihm erzählt hätte, wenn es so weit gekommen wäre. Aber allein die Frage hätte mir bestätigt, dass M. wirklich der Mensch war, den ich zu kennen glaubte.

Doch nach einer Weile hörte er auf, mir zu schreiben.

63.

Zuerst wog die Stille schwer, als könnte ich über die Stadt hinweg hören, wie sie sich bei M. einnistete. Später wurde sie leichter. M. hüllte sich in eine andere, eine ihm ganz eigene Stille. Mit der Zeit kam die Gewohnheit, und wir unterschieden uns nicht von zwei Fremden, die sich auf der Straße begegneten.

Erst war ich erleichtert, dann traurig. Später war ich wütend, dass M. einfach so aufgab. Ich redete mir ein, dass unsere Freundschaft geendet hätte, weil M. genügend Material für sein Buch gesammelt hatte und mich nicht länger brauchte.

Das ist eine Möglichkeit, diese Geschichte zu erzählen. Ich weiß, dass es noch andere gibt.

64.

Ich erinnere mich an eine Geschichte, die meine Großmutter immer erzählte – entgegen aller Wahrscheinlichkeit habe ich sie nicht ausgeschmückt: Mein Großvater hatte auf einer quadratischen Schachtel Bafra-Zigaretten einen Plan für das Haus in Aldere gezeichnet, das Quadrat in Viertel unterteilt und den Plan auf der Schachtel den Arbeitern in der Fabrik gegeben, damit sie das Haus bauten. Wann immer sie ihr Leben mit dem Leben in Europa verglich, sagte meine Großmutter mit einem tiefen Seufzen, dass ihr Leben nicht mehr wert sei als eine Schachtel Zigaretten.

65.

Istanbul empfing mich schließlich mit offenen Armen zurück.

Von Paris aus flog ich nach Istanbul-Atatürk, und als ich dort aus dem Gebäude trat, umgab mich sofort der vertraute Zigarettenrauch.

Ich nahm mir ein Taxi und gab dem Fahrer die Adresse der Tanten in Kanlıca. Ich hatte vergessen, wie schlimm der Verkehr war. Eine Stunde lang kamen wir auf der Schnellstraße nur Zentimeter für Zentimeter vorwärts.

Im Radio wurde über die Gerichtsverhandlung dreier Presseleute berichtet, deren Namen mir nichts sagten. Mir fielen nicht mal Verschwörungsideologien oder irgendwelche tiefergehenden Verbindungen ein, die mir dabei geholfen hätten, der Nachricht Bedeutung beizumessen. Der Fahrer schnalzte mit der Zunge und schüttelte den Kopf, während er einen anderen Sender einstellte, und ich wusste nicht, wem seine Missbilligung galt.

Unterwegs gab es überall Abzweigungen, die zu Neubauprojekten führten, deren Namen mir nichts sagten: City Verde, City Soleil, Flora Plaza. Auf Bannern, die von den Gebäuden hingen, sah man Fotos von breiten, baumgesäumten Straßen und modernen Häusern, jedoch keine Spur von Leben. Ich fühlte mich, als wäre ich in eine Falle getappt. Ich war an einen Ort zurückgekehrt, der nichts mit mir zu tun hatte.

Doch nach einiger Zeit wurde die Schnellstraße schmaler. Etwas beschleunigte sich, erwachte zum Leben, spülte uns in etwas hinein, das ich nicht genau ausmachen konnte. Meine Umgebung wirkte vertraut, obwohl ich immer noch nicht hätte sagen können, auf welcher Straße wir uns gerade befanden. Endlich erschien der Bosporus vor der Windschutzscheibe, und ich sah die Brücke. Ich war nicht auf den Anblick vorbereitet gewesen. Das glitzernde Wasser, die Hügel, die Festung, die sich an das kurvige Ufer drängt. Das Blaugrün des Bosporus, das ich nie irgendwo sonst gesehen habe. Die Stadt streckte ihre Flügel aus, stürzte sich hinab und breitete sich aus, um mich mit ihren gigantischen Armen willkommen zu heißen.

Und während dieser Umarmung sagte sie mir etwas, wie ein Kind, das sich in einem Moment ohne Zurückhaltung über etwas beschwert. Ich hörte die Stadt laut und klar.

Immer, wenn meine Mutter mir eine Geschichte aus ihrer Vergangenheit erzählte, fragte ich mich, wieso diese Version ihrer selbst nicht zu der Version passte, die ich kannte. Ich akzeptierte, dass vieles geschehen war, bevor ich geboren wurde. Und ich war mir des Unterschieds zwischen diesen beiden Zeitrechnungen bewusst.

In den Geschichten meiner Mutter verbarg sich immer derselbe stille Vorwurf. Und genau diesen Vorwurf hörte auch ich bei meiner Ankunft in Istanbul.

Sieh nur, was aus mir geworden ist.

66.

Kurze Zeit nachdem ich nach Istanbul zurückgekehrt war, erhielt ich eine E-Mail von Molly, meiner Zimmergenossin zu Universitätszeiten. Nach dem Abschluss hatte Molly eine Weile bei ihren Eltern gelebt und war dann nach Edinburgh gezogen.

»Es ist vielleicht nicht Galapagos«, schrieb sie, »aber das ist okay.«

Sie erzählte mir, dass ihr ein mittelmäßiges Leben nichts ausmachen würde. Nichts hinterlassen und nichts durcheinanderbringen – einfach nur leben und zufrieden sein.

Ich hatte während der Krankheit meiner Mutter und direkt nach ihrem Tod Kontakt mit Molly gehabt. Später schrieb Molly mir gelegentlich und fragte, wie es mir gehe, doch ich war nicht in der Lage, das Ich zu finden, das ich während unserer gemeinsamen Zeit gewesen war und fand es komisch, ihr Einzelheiten aus meinem Leben zu schildern, jetzt, wo ich jemand ganz anderes als zu Universitätstagen war.

»Meine traurige und tapfere Nunu«, hatte Molly mir geschrieben. »Ich weiß nicht, was ich sagen soll. Ich weiß, dass ihr euch sehr nahestandet. Ich habe nie jemanden getroffen, der so eine Beziehung hatte wie ihr.«

Sie zählte Dinge über mich und meine Mutter auf, an die sie sich erinnerte. »All eure magischen Orte«, schrieb sie in Anlehnung an unsere sonntäglichen Spaziergänge, unser Fischrestaurant und den kleinen Ort am Waldrand, in dem wir in einer von ihrer Erinnerung verfremdeten Version mit einem alten Freund meiner Mutter angeln gegangen waren.

Sie fügte außerdem hinzu, dass sie die Beziehung zwischen meiner Mutter und mir immer bewundert hätte. Obwohl sie meine Mutter nie getroffen hätte, habe sie das Gefühl, sie dank meiner Geschichten gekannt zu haben. Sie sagte, dass meine Mutter bemerkenswert gewesen sei und ihr etwas über das Leben beigebracht habe. Sie würde oft über unsere Beziehung nachdenken und hätte sogar versucht, die Beziehung zu ihren eigenen Eltern unserer ähnlicher zu machen. Sie hätte ihnen Freundschaft anbieten wollen, so wie ich sie meiner Mutter angeboten hatte.

Schnell klappte ich den Laptop zu, als hätte ich irgendetwas Unanständiges gesehen.

Ich schrieb Molly lange nicht zurück, obwohl sie mir weiterhin von Neuigkeiten in ihrem Leben berichtete. Dann bekam ich eine Nachricht von ihr, als ich zurück in Istanbul war, obwohl sie nicht zu wissen schien, dass ich seit Kurzem wieder hier war. Sie fragte, wie es mir gehe und schrieb, dass sie sich Sorgen um mich mache. Sie würde in letzter Zeit viel an mich denken und hoffe, dass es mir in Anbetracht der aktuellen Entwicklungen gut gehe.

Erst verwirrte mich ihre Sorge. Seit der Beerdigung meiner Mutter war einige Zeit vergangen, und seitdem hatte ich Molly nichts aus meinem Leben erzählt. Ich wusste nicht, was sie dachte und wie sie mein langes Schweigen interpretierte. Ich schrieb ihr zurück, dass es mir gut gehe. Ich sei nach der Beerdigung nach Paris gezogen und erst kürzlich nach Istanbul zurückgekehrt.

Mollys Antwort überraschte mich. Sie verfolgte die Geschehnisse in Istanbul und fragte sich, wie ich damit zurechtkam, dass meine geliebte Heimatstadt vor meinen Augen aus den Fugen geriet. Machte ich mir Sorgen? Wie lebte ich?

Ich war erleichtert. Natürlich machte sich Molly wegen Istanbul und meinem unsicheren Leben hier Gedanken. Im Moment gibt es wenig Platz für anderes. Es ist tröstlich, mich dieser Veränderung hinzugeben. Es liegt Trost in der Bedeutungslosigkeit, in der Sicherheit, dass all meine Sorgen spurlos vergehen werden.

Die Probleme der Stadt übersteigen alles und jeden.

67.

Eines Tages, kurz bevor ich aus Paris abreiste, fragte ich den Kellner im Café du Coin, ob er mir absichtlich immer etwas anderes brachte, als ich bestellte.

»Natürlich«, sagte er. »Als Test.«

Als ich ging, stand er gerade draußen und rauchte, und ich bat ihn um eine Zigarette. Am nächsten Tag setzte er sich nach dem Ende seiner Schicht zu mir, während ich meinen Kaffee austrank.

Ein paar Tage später gingen wir in der Nähe des Place de la République ins Kino. Die Straßen waren voller Leute in meinem Alter, die auf dem Gehweg rauchten und in schäbigen Bars saßen. Es war auf eine andere Art schön als die Viertel, in denen M. und ich spazieren gegangen waren. Unsere Spaziergänge, die Geschichten, die ich M. erzählt hatte und unsere Geheimcodes schienen auf einmal ganz weit weg und irrelevant zu sein.

In dem Film, den wir uns ansahen, ging es um einen Maler und sein Modell, die während des Ersten Weltkriegs voneinander getrennt wurden. Sie fanden sich viele Jahre später durch eine Reihe unwahrscheinlicher Zufälle wieder. Beide waren bereits sehr alt, doch sie wussten, dass die Zeit ihrer Verbindung nichts angehabt hatte. Sie erinnerten sich noch an jedes kleine Detail aus der Vergangenheit. Der Maler erinnerte sich an das rote Kleid, das das Modell während ihrer Spaziergänge entlang des Flusses getragen hatte, und in der Schlussszene saß die einstige große Schönheit in einem roten Kleid in einem Park.

Der Kellner, Vincent, sagte mir anschließend, dass ihn die Geschichte sehr berührt hätte. Nach all diesen Jahren sei die Frau nicht mehr schön gewesen, sagte er, doch es hätte den Maler nicht gekümmert. Er fand das sehr beeindruckend.

Ich sagte ihm nicht, dass meiner Meinung nach der Punkt des Films nicht die verblasste Schönheit der Frau war, wie ich es vielleicht bei M. getan hätte. Es fühlte sich gut an, sich einfach seine Meinung anzuhören und loszulassen.

Wir steuerten eine Bar in Oberkampf an und setzten uns draußen auf zwei Hocker. Wieder einmal hatte ich das Gefühl, eine ganze Stadt verpasst zu haben.

Vincent fragte mich, was ich trinken wolle, und ich sagte ihm, dass er aussuchen dürfe. Er kam mit einem hohen Glas mit bunten Streifen und einem Strohhalm darin zurück, und ich musste über den Anblick lachen.

»Was ist so lustig?«, fragte Vincent, als ich mich nicht beruhigte. Durch das gestreifte Glas sah der Drink aus wie von der Kinderkarte.

Als ich ausgetrunken hatte, nahm er den bunten Strohhalm und band ihn sich wie ein Armband ums Handgelenk. Ich starrte auf seine Hände, die hervortretenden Venen und Muskeln. Es sah so aus, als würden sie im nächsten Moment durch die Haut brechen wollen.

Er brachte mich nach Hause. Den ganzen Weg witzelte er, dass er vergessen hätte, seine Schürze im Café aufzuhängen.

»Normalerweise bringe ich keine schönen Frauen nach Hause«, sagte er. »Aber das hier ist ein Notfall, wegen der Schürze.«

Wir liefen gerade eine menschenleere Straße entlang, als er nach meiner Hand griff und mich an sich zog. Ich hatte vergessen, dass das Leben so sein konnte – spielerisch und ausgelassen.

Als wir in mein Zimmer kamen, stand er mit seinen Händen in den Hosentaschen da und sah sich um.

»Hierhin verschwindest du also immer«, sagte er. »Hast du diesen älteren Mann auch hierhin mitgenommen?«

Er muss meinen Blick gesehen haben, denn schnell fügte er hinzu: »Es ist wirklich nett von dir, dass du mit ihm befreundet bist.«

Auch das brachte mich zum Lachen.

Manchmal stoße ich auf ein Wort, das eine bestimmte Situation zusammenfasst. Plötzlich ist es in meinem Kopf, oft sagen es die Stimmen der Tanten. »Sie ist altmodisch«, hörte ich sie sagen, als gäbe es sonst nichts, was man über die Situation sagen könnte. Erleichtert dachte ich, dass meine Freundschaft mit M. einfach nur altmodisch war. Ich entschied mich, dass es diese mangelnde Ähnlichkeit gewesen war, die uns auseinandergebracht hatte.

Ein paar Tage später im Café fragte Vincent meinen Vermieter: »Wo hast du nur eine Mieterin gefunden, die so viel kichert?« Dann fuhr er an mich gerichtet fort: »Erst fanden wir dich irgendwie seltsam. Aber jetzt glauben wir, dass du uns einfach von Anfang an ausgelacht hast.«

Als ich aus Paris wegging, sagte Vincent, er würde an mich denken und sich mein Leben in Istanbul vorstellen.

»Und du denkst an mich, wie ich dir im Café du Coin einen Kaffee in der falschen Größe bringe«, sagte er.

68.

Zum letzten Mal sah ich M. bei einer Diskussionsrunde in demselben Buchladen, in dem ich ihm ein Jahr zuvor begegnet war. Wieder waren im Schaufenster Plakate für die Veranstaltung angebracht worden, und ich war trotz der Stille zwischen uns überrascht, dass M. mir nichts davon erzählt hatte.

Ich weiß nicht, ob er mich sah, als ich einige Minuten nach Beginn der Diskussion hereinkam. Alle Plätze waren besetzt. Ich stand ganz hinten und sah nur einen Teil der Bühne.

Die Autorinnen und Autoren wurden nach ihren Gewohnheiten gefragt, nach ihren Wegen, Inspiration zu finden, solche Dinge. Auch der berühmte Autor war wieder zugegen. Er saß neben M. Seit seinem Buch über die Belle Époque hatte er nichts mehr veröffentlicht.

Er sprach lange über seine Schreibrituale. »Es ist für mich wie ein Initiationsritus«, erklärte er. »Ich betrete eine andere Welt, in der andere Regeln gelten. Doch ich kann nicht einfach so in diese Welt gelangen; ich muss eingelassen werden.«

Er hatte ein spezielles Notizbuch, einen speziellen Stift, eine spezielle Tageszeit. Immer wieder las er sich dieselben Gedichte durch.

»Im Grunde«, sagte er, »tue ich alles, was ich kann, um mich auf diese unbekannte Welt vorzubereiten.«

Als M. an der Reihe war, sagte er, dass er seinen Kollegen für die Überzeugung bewundere, dass die Geschichten bereits existieren und außerhalb seiner Reichweite nur darauf warten würden, dass er ihre Welt betrat.

»Für mich«, sagte M., »ist das Schreiben von Geschichten komplizierter. Oft muss ich mir eingestehen, dass sie eine eigene Logik haben. Ich habe so gut wie keinen Einfluss auf die Form einer Geschichte, weil sie sich – genau wie Menschen – nicht für meine Erwartungen interessiert. Die Schwierigkeit«, fuhr er fort, und ich bildete mir ein, dass er seinen Blick in den hinteren Teil des Raums gleiten ließ, »liegt darin, sie aus der Ferne in ihrer eigenen Welt zu beobachten. Wenn ich das schaffe und mich nicht auf meine tollpatschige Art und Weise einmische, werde ich mit außergewöhnlicher Schönheit belohnt. Ich glaube nicht, dass diese Schönheit das Werk meines trüben Geistes ist, sondern das Ergebnis von Dingen, die mein Gedächtnis für später gespeichert hat. Mit genügend Mühe und Geduld begegnen sie mir im

Laufe des Schreibprozesses wieder. Und manchmal, wenn ich vorsichtig genug bin, kann ich meine Hand nach einer Geschichte ausstrecken und sie auf dem Papier festhalten. Aber es gibt viele, die sich meinem Griff entziehen. Vielleicht scheuen sie vor mir zurück, weil ich nicht sanft genug war, und flüchten sich wieder in ihre eigene Welt, wie auf diesen Fotos von Elfen, die früher mal so in Mode waren. Und manchmal«, fügte er hinzu, »bin ich einfach zu taub, um ihre Stimmen zu hören.«

Wieder einmal fiel mir auf, wie groß M. war. Er stand mit geradem Rücken dort, keine Spur von der Krümmung, mit der ich seinen Rücken beschrieben habe. Und auch seine Stimme war frei von jeglichem Stottern. Das hier war der Autor M. Ein sanfter, großzügiger Fremder.

69.

Ich weiß noch, wie einzelne Sonnenstrahlen ihren Weg auf die Tische in unserem Bistro fanden. Im Au Petit Suisse, meine ich, gegenüber vom Jardin du Luxembourg. Sie rückten immer weiter vor und malten staubige Streifen auf die Tische. Ich erinnere mich an jene Zeit wie an einen Traum.

In Istanbul stürzt der Regen in Strömen hinab, und die Sonne erscheint ohne Vorwarnung. Man kann sich kaum an das Wetter von vor einem Moment erinnern. Die Stadt selbst verändert sich so schnell – Häuser sprießen wie Pilze aus dem Boden, neue Gesichter erscheinen im Fernsehen und in der Zeitung. Niemand kann vorhersagen, welches Viertel als Nächstes dem Erdboden gleichgemacht und neu errichtet oder was für ein kleiner und uncharmanter Park neben einem bedrohlichen Hochhaus uralte Bäume ersetzen wird.

Es gibt Vorschläge für Veränderungen, Gesetze, Bauten, Regierungsposten. Es gibt Tunnel, Brücken und Metrolinien, die einzelne Stadtteile miteinander verbinden und an Orte führen, von denen ich noch nie gehört habe. Jeden Tag gibt es neue Regeln, neue Ausweise, neue Sozialhilfesysteme, neue Abkürzungen, wie man rein- und wieder rauskommt. Jeden Tag einen neuen Alltag. Es gibt neue Gesichter in der Politik, über die ich nichts weiß und deren einzige Vertrautheit in ihrer großen Anzahl liegt. Ihre Stimmen erheben sich ein Stück weit über das Summen und versuchen, es zu übertönen.

Aber ich habe Mitgefühl mit all diesen einsamen Menschen, die ich sehe – die trotz der Menschenmassen einsam sind. Ich spüre ihre Abneigung gegenüber der Vergangenheit, ihren Wunsch, sie zu begraben und nach vorne zu blicken. Ihre Anwesenheit in dieser wackligen, geschäftigen Stadt scheint so voller Verzweiflung. Auf einen Streich vernichten sie alles Alte. Alles soll neu sein. Auf mich wirkt es wie Angst.

Nichts davon hat etwas in dieser Geschichte zu suchen. Diese sich verändernde Welt, dieses Land auf der Schwelle zu irgendwas. Aber es fällt mir schwer, mich an das Istanbul von früher zu erinnern. An das Istanbul von Akif Amca, meiner Mutter und M.s Romanen.

Ich habe M.s neues thrakisches Buch nicht gelesen und mir auch keine türkischen Rezensionen dazu angesehen. Die Vorstellung, den Roman zu lesen, macht mich traurig. Es wäre, als würde man einen Ausflug in Istanbuls Altstadtviertel machen, sich die Paläste und Zisternen ansehen, die Fliesen und Mosaike bewundern und es dabei belassen. Es wäre, als würde man sich nur den Teil der Stadt ansehen, den die Veränderungen ausgelassen haben.

Außerdem wäre es sinnlos. Durch das Summen sind keine anderen Geräusche mehr zu hören. Ich glaube, M. hätte das einfach ignoriert und wäre in eine andere, bessere Zeit gereist. Wozu soll man so was lesen, jetzt, wo wir an der Schwelle zu etwas stehen und warten?

Mir ist die Bedeutungslosigkeit meiner eigenen Geschichte in einer solchen Zeit bewusst. Aber dann denke ich an unser Bistro und die Sonnenstrahlen und habe Angst vor den Dingen, die ich vergessen werde, wenn ich sie nicht niederschreibe.

Vor einigen Wochen, als ich auf dem Weg von der Redaktion nach Hause war, ging ich in eine Buchhandlung. Es war früher Abend, und ich war die einzige Kundin. Der bärtige und bebrillte Besitzer und seine Katze waren in ihre eigenen Angelegenheiten vertieft, sodass ich in Ruhe im Laden sitzen und den Bücherstapel neben mir durchgehen konnte. Als ich die Bücher bezahlte, für die ich mich entschieden hatte, fragte der Buchhändler, ob ich die in Istanbul spielenden Bücher dieses britischen oder irischen Autors kennen würde – »Ich komme gerade nicht auf seinen Namen«, sagte er. »Er liegt mir auf der Zunge.«

Er sagte mir, dass meine Auswahl an Büchern ihn an diesen Autor erinnern würde. Er hätte gerade ein neues Buch veröffentlicht, und auch dieses würde wieder in der Türkei spielen. Aber auch an den Titel des Buches könne er sich nicht erinnern.

»Passiert Ihnen das auch?«, fragte er. »Dass Sie manchmal die offensichtlichsten Dinge vergessen?«

»Ich glaube, von diesem Autor habe ich noch nie gehört«, sagte ich, obwohl es verlockend war. Ich wollte angeben und dem Buchhändler erzählen, dass dieser Autor mir gesagt hatte, er würde meiner Geschichten niemals überdrüssig werden.

Eine Sache noch zu M.s Buch. Sein kurzer Titel ist ein Gruß von M. an mich, ein kurzes Heben seiner Hand, bevor er sie wieder in der Tasche seiner grünen Jacke verschwinden lässt. Er will, dass ich verstehe, dass es seine Perspektive der Geschichte ist, auch wenn ich nicht die Kraft habe, das Buch zu lesen. Es ist seine ganz eigene Erfindung der »Mitternacht«.

70.

Nachdem ich mich nicht länger mit M. traf, ging ich oft zum Gare du Nord und stellte mich neben die Rauchergruppen, die vor der Glasfront mit den riesigen Bögen standen.

Ich wusste, dass ich nicht mehr lange bleiben würde. Ich hatte eine Nachricht von der Universität bekommen, dass ich exmatrikuliert worden war.

Ich beobachtete die Neuankömmlinge in der Stadt – Geschäftsleute, die Taxis herbeiriefen, ältere, tadellos gepflegte Paare mit teuren Koffern, Liebespaare, die sich inmitten der Menschenmenge in die Arme fielen. Ich beobachtete sie nicht lange genug, deshalb wusste ich nicht, ob sie aus erfreulichen oder aus unerfreulichen Gründen in die Stadt gekommen waren – genauso wenig wie die Ankömmlinge wussten, ob in der Stadt Glück oder Pech auf sie warten würde.

Ich hatte immer das Gefühl gemocht, jederzeit einfach

in einen Zug steigen und die Stadt verlassen zu können. Mir gefiel die Vorstellung, an einem neuen Ort anzukommen, und der kurze Moment, in dem man zu Recht fremd ist.

Manchmal spazierte ich zum kleineren Gare de l'Est, an dem einst die Züge in Richtung Istanbul abgefahren waren. Oder ich lief Richtung Süden, den ganzen Boulevard de Sébastopol hinunter, über den Fluss, vorbei am Jardin du Luxembourg (nun waren die Judasbäume wieder kahl) und am Observatorium, und dann weiter in die Peripherie, wo die imposanten Appartements aus dem letzten Jahrhundert allmählich Betonklötzen wichen und die baumgesäumten Boulevards auf Brücken und Schnellstraßen trafen. Ich lief bis zu den früheren Schlachthäusern an den südlichen Stadttoren, deren Gelände in den schlichten Parc Georges-Brassens umgewandelt worden waren. Diese Art Park konnte man in weniger schönen Städten zuhauf finden. Es gab einen künstlichen Teich und einen Pavillon, Spielgeräte in grellen Farben, um Bronzestatuen gruppierte Bänke. In solchen Städten wäre ein solcher Park der Höhepunkt gewesen. Doch in Paris war der Parc Georges-Brassens fast immer menschenleer.

An manchen Tagen folgte ich den Ausläufern der Innenstadt in Richtung Norden, vorbei am Bahnhof bis nach Belleville mit seinen protzigen Bankettsälen, Gassen und Gängen einer vergangenen arbeitenden Klasse und Betongebäuden, in denen nun Eingewanderte lebten. Ich folgte geschäftigen Boulevards mit Discountern, Elektronikläden, Frisiersalons, Reiseagenturen. In Unterführungen saßen Männergruppen in Zelten und auf Matratzen, inmitten von improvisierten Tischen und unter Pappdächern. Ich fühlte mich, als würde ich durch unsichtbare Wände in die Wohnungen anderer Menschen schauen – Plastiktüten, Pappbecher, Zahnbürsten, Decken und Kissen.

Ich glaube, dass sich damals auch Paris veränderte. Angst und Misstrauen krochen aus jeder Ecke. Aber mir machte diese Veränderung nicht so viel aus, oder ich ignorierte sie. Es war schließlich nicht meine Stadt, und Veränderung schmerzt Fremde nicht auf dieselbe Art.

Ich sprach noch lange Zeit nach dem Ende unserer Freundschaft während meiner Spaziergänge mit M., ganz unbewusst. Überrascht bemerkte ich dann irgendwann, dass ich durch die halbe Stadt gelaufen war und meine Beobachtungen mit ihm geteilt hatte. Manchmal erwische ich mich immer noch dabei, wie ich etwas ansehe und abspeichere – es meiner Sammlung hinzufüge –, um es später jemandem zu zeigen.

Nachdem die E-Mails zwischen M. und mir versiegt waren, ging ich nicht mehr unsere normale Strecke am Fluss entlang. Die endlose Abfolge von Kuppeln, Statuen und Brücken machte mich unruhig. Ich wollte andere

Straßen sehen, Straßen, in denen das Leben ohne jegliches Zeremoniell stattfand.

Eines Morgens stieß ich auf die verlassenen Gleise, die die Stadt umspannten. Ich folgte drei Teenagern über eine niedrige Mauer und gelangte auf Schienen voller Unkraut und Glasscherben. Eine Weile lang liefen wir gemeinsam, dann warfen die Teenager ihre Rucksäcke ab und holten Spraydosen heraus. Ich ging weiter, bis ich an einen Tunnel kam. Ich trat ein Stück in den noch vom Tageslicht erleuchteten Teil des Tunnels hinein. Ich hörte das Echo meiner Schritte auf dem Schotter, ging weiter und wurde bald von der Dunkelheit und den von mir verursachten Geräuschen verschluckt. Ich ging so lange, bis sich der helle Eingang des Tunnels in einen traurigen Mund verwandelt hatte, und setzte mich hin, um der Stille zu lauschen.

Über mir lief das Leben in der Stadt weiter. Paris atmete ein und aus, fügte Dinge zusammen und brach sie wieder auseinander. Und ich spürte, dass auch ich ein kleiner Teil von all dem war. Das Gefühl ähnelte dem, das ich als Kind gehabt hatte, wenn ich an der Decke gelaufen war.

Es muss während des letzten Lebensjahrs meines Vaters gewesen sein, dass ich mit meinen Spaziergängen an der Decke anfing und die weiße Stadt dort oben entdeckte. Ich erzählte niemandem davon und reiste nur gelegentlich dorthin, an Tagen, an denen mein Vater nicht aus seinem Sessel aufstand und meine Mutter ihm sagte, er solle mit diesem Unsinn aufhören. Ich flüchtete mich an diesen Ort, wenn Istanbuls Dunkelheit und Schwere drohten, die Wände unserer Wohnung einzudrücken.

An solchen Tagen holte ich mir den quadratischen Spiegel aus dem Schlafzimmer meiner Eltern und nahm ihn aus seinem Stoffbeutel. Ich zog den breitkrempigen Sommerhut meiner Mutter an, der mir viel zu groß war und meine Sicht einschränkte. Ich hielt den Spiegel in Richtung Decke und achtete beim Hineinsehen darauf, dass ich nicht zu sehen war.

Jedes Mal, wenn ich die weiße Stadt an der Decke fand, hielt ich für eine Weile inne, um mich zu orientieren. Ich drehte den Spiegel in alle Richtungen, um einen Überblick über die Steinwüste zu bekommen, in der ich gelandet war. Sobald ich wusste, wo ich langgehen musste, kippte ich meinen Spiegelkompass in die richtige Richtung und begann meinen Spaziergang.

Zuerst wanderte ich die leichte Strecke entlang der Wände des Zimmers. Sobald ich mich eingewöhnt hatte, lief ich in Richtung Kronleuchter, der wie ein Baum im Flur erwuchs. Um dorthin zu gelangen, musste ich über die hohe Mauer zwischen Schlafzimmer und Flur klettern. Ich hob meine Beine an, so hoch ich konnte, um nicht zu stolpern. Obwohl meine Füße kein Hindernis spürten, musste ich die unsichtbaren Regeln der Stadt respektieren. Ich hatte nie versucht, den Stamm des Kronleuchters zu berühren, weil ich wusste, dass meine Füße nur auf Luft treffen würden. Und wenn ich mit den Beinen gegen Dinge stieß, die ich im Spiegel nicht sehen konnte, wusste ich, dass die Stadt mir die Gelegenheit gab, ihre geheimnisvollen Sehenswürdigkeiten zu entdecken.

Für die weiße Stadt brauchte man Geduld. In ihr konnte man sich nur langsam bewegen. Sonst wäre man gestolpert und hingefallen oder hätte nichts weiter als das eigene Spiegelbild gesehen. Wenn man zu hastig voranschritt und unvorsichtig über verborgene Mauern kletterte oder unsichtbaren Bergmassiven nicht auswich (die in der echten Welt die Form eines Tischs oder eines Stuhls hatten), löste sich die Stadt in Luft auf. Für die weiße Stadt musste man blind sein, aber mit offenen Augen voranschreiten.

Wenn irgendjemand sich in meine Richtung bewegte, drehte ich den Spiegel um und reiste zurück. Manchmal fühlte ich mich schuldig, dass ich diesen Ort vor meinen Eltern verbarg. Doch ich war die Einzige, die seine Gesetze verstand, und ich wollte nicht, dass tollpatschige Schritte dort Schaden anrichteten.

Außerdem wusste ich, dass meine Eltern ihre eigenen unsichtbaren Orte hatten, an die sie *mich* nicht mitnahmen. Auch an ihre Städte musste man glauben, um sie betreten zu können. Man musste sich sicher sein, dass sie existierten, dass sie auf einen warteten, selbst wenn man sie im Alltag nicht entdecken konnte.

So sicher wie mein Vater, als er an jenem Abend alle Buchstaben meines Namens abgelaufen war, vorbei an meiner Mutter im Schlafzimmer und hinaus auf den Balkon, und dann einfach weitergegangen war und uns zurückgelassen hatte.

71.

Trotz allem, was ich hier über Istanbul und sein neues und unerträgliches Summen gesagt habe, gibt es auch Dinge, die sich nicht verändert haben. Wir sprechen nicht über sie, aus Angst. Um missgünstige Blicke fernzuhalten. Doch es gibt Ruinen, die plötzlich vor einem auftauchen. Eine schmucklose Kirche, die alle Zivilisationen überlebt hat, ein bescheidenes Badehaus, die rosafarbenen Adern eines Springbrunnens aus Marmor. Ein Straßenhändler, der in die Luft guckt. Ein Kellner, der einen ins Restaurant bittet, vorbei an lächelnden Fischköpfen.

In solchen Momenten empfängt einen die Stadt mit dem blaugrünen Wasser mit offenen Armen.

72.

Akif Amca beschreibt einen Spaziergang in Paris, den er kurz vor seiner Rückkehr in die Türkei gemacht hat. Es ist das letzte Zeugnis – falls man das überhaupt mit Sicherheit sagen kann – aus einer Zeit, bevor er meine Mutter kannte.

An jenem lange vergangenen Nachmittag läuft Akif Amca den Fluss entlang und bleibt auf der Pont de la Tournelle stehen, um die Kathedrale zu betrachten, bevor er weiter zur Rive Gauche geht.

Es ist ein grauer Aprilnachmittag. Akif Amca schreibt, dass sich nach seiner Abreise nichts an den Plaudereien der Marktleute von Saint-Médard ändern wird, oder daran, dass sich die Cafés füllen und wieder leeren, und auch jene schmale Straße zum Fluss hinunter, die immer im Schatten liegt, wird weiterhin im Schatten liegen. Es muss dieselbe Straße sein, die M. und ich an unserem ersten gemeinsamen Abend entlanggelaufen sind.

Menschen kommen zusammen und gehen wieder auseinander, doch die Stadt, so Akif Amca, bleibt bestehen. Ich weiß nicht, ob ihn dieser Gedanke mit Hoffnung oder Trauer erfüllt hat.

Ich hatte M. von dieser finalen Beschreibung eines Spaziergangs in Akif Amcas Tagebuch erzählt. Einmal, als wir auf der Brücke stehenblieben und über den Fluss hin zur Kathedrale blickten, fragte M., ob unser Dichter vielleicht genau hier gestanden hatte.

»Welcher Dichter?«, fragte ich.

»Der große Erfinder«, sagte er.

So ist unsere Freundschaft in meiner Erinnerung. Wir erzählten Geschichten so lange hin und her, bis sie sich miteinander vermischten. Mit jedem Erzählvorgang hob sich Gewicht von unseren Schultern. Auch, wenn es nur für kurze Zeit war: Damals teilten wir uns eine Gedankenwelt.

Vielleicht haben wir es auch mit der Begeisterung für unsere Geschichten übertrieben, um noch einen Spaziergang machen und unsere Bekanntschaft etwas weiter vertiefen zu können. Doch in den besten Momenten war unsere Freundschaft leicht wie eine Feder – ein Lichtwesen ohne jeden Makel.

Das Wichtigste war, dass unsere Erinnerungen von ihrer Bitterkeit befreit und mit Freude weitergegeben wurden. Und diese Geschichten über Vergangenes bildeten irgendwann Wurzeln und begannen, in uns zu wachsen. Sie wuchsen und entwickelten eine eigene Stimme, die aus uns sprach und die nicht zum Schweigen gebracht werden konnte, nicht von Reue oder von Trauer, nicht von all jenen Dingen, die nicht wiedergebracht werden konnten.

DANK

Danke an meine Agentin Sarah Bowlin, die dieses Buch am Meer gelesen hat. An meine Lektorin Laura Perciasepe, dafür, dass sie Nunus Stimme gehört hat, als sie noch ganz schwach war, und für all ihre Vorschläge.

Danke an Lavina Lee für das gründliche Lesen. An Claire McGinnis, Calvert Morgan und allen bei Riverhead für ihren Enthusiasmus und dafür, dieses Buch zum Leben erweckt zu haben.

Für Ideen, Intuitionen, Zuspruch und Lesebereitschaft danke ich Fuat, Vera, Marie, Zsófi, Liz, Gigi, Yuri, Éva, Eda, Nicholas, Katia. Ich kann mich glücklich schätzen, mit euch befreundet zu sein, und ich bin froh, dass ich euch zu meiner Leserschaft zählen darf.

Danke an Zach für all die nachmittäglichen Kaffees und für die Fotos.

Für ihre Unterstützung und ihre Großzügigkeit über die Jahre möchte ich mich bei meiner Tepoztlán-Familie bedanken: Magda, Janet, Anneke, Adriaan, Doug, Rebecca, Kavita.

Danke, Jonathan, für die anfängliche Ermutigung und für all die Spaziergänge.

An die Zeitschrift Guernica, die ein frühes Kapitel dieses Buches veröffentlicht hat.

An alle Bücher und Literaturschaffenden, die mir den Weg gewiesen haben: Elizabeth Strout, Enrique Vila-Matas, Patrick Modiano, Georgi Gospodinow, Marilynne Robinson.

İsmihan, Püren Hala, Dede, Anneanne, Babaanne, Atilla Abi, Sergei Sergejewitsch und Dieuwke: Danke für die Geschichten.

Danke an meine Eltern Neşe und Serdar für die Liebe und das Vertrauen. Danke, dass ihr eure Erinnerungen mit mir geteilt habt.

Und an meinen ersten Leser, Maks. Für alles.